小手鞠るい

この窓の向こうのあなたへ

佐藤まどか

出版芸術社

目次

装画
Naffy
装丁
アルビレオ

第1章

子どもの本を書くということ

はじめまして

佐藤まどか様

ニューヨーク州ウッドストックの森の仕事部屋から、こんにちは。

これは、私から佐藤さんに贈るラブレターです。

いきなりこんな一文を書いて、佐藤さんをのけぞらせてしまったでしょうか。

本来ラブレターとは、すなわち恋文とは、恋愛をしている人たちのあいだだけで送り合うものである、などという無粋な決まりはありません。読者がファンである作家にファンレターを書き送るように、私も、佐藤まどかという児童文学作

第１章

子どもの本を書くということ

はじめまして

佐藤まどか様

家に、ラブレターをしたためたいと思います。まるで、得意な恋愛小説を書くようにして。

恋愛小説の冒頭はたいてい、ふたりの運命的な出会いから始まります。

佐藤さんと私の出会いは、こんな風でした。

数年ほど前、ある出版社のある編集者から、中高生向けの作品の執筆依頼をいただいたときのこと。「どんなテーマで書きましょうか」と尋ねた私に、返ってきた答えはこうでした。

「若い人たちが将来、自分の就きたい職業をイメージできるように、何か専門的な仕事をテーマにして書いて欲しい」

そして彼が「お手本になるような作品を送ります」と言って、アメリカまで送ってきてくれたのが『アドリブ』と『一〇五度』というタイトルの本。

この二冊の本を書いたのが佐藤まどかさんだったのです。

正直に告白すると、私はそれまでの長きにわたって、ヤングアダルトを含めて、児童書と名の付く作品の、熱心な読者ではありませんでした。なぜなら私は、激しい恋愛小説やどろどろどろした不倫話が大好きだから。そんな作品、児童書にはありませんよね。

ところが、半信半疑で読み始めた『アドリブ』と『一〇五度』に、私はたちまち夢中になってしまったのです。

『アドリブ』は、イタリアを舞台にして描かれたフルート吹きの少年の物語で、『一〇五度』は、椅子のデザインに挑戦する少年の物語。クラシック音楽やデザインに関する専門知識が豊富じゃないと書けない。しかし、専門知識だけがあっても書けない。

これらの作品を読んだ子どもたちの、勉強部屋の窓の向こうに広がっている世界を想像すると、私も中学生だった頃、こんな作品を読みたかったなぁ、などと思いながら、作家のプロフィールを見てみると「イタリアでプロダクトデザイナーとして活躍している」と記されているではありませんか。

プロダクトデザイナーって、いったいどんな仕事なんだろう。

具体的には、どんなものをデザインしているのだろう。

そういう仕事をしている人がなぜ、児童文学を書こうと思ったんだろう。

それに、イタリア在住ってことは、イタリア語がぺらぺらってこと？

パートナーはイタリアの人？

いくつもの疑問と好奇心が私の頭の中でぐるぐる回っていました。この人の書いた作品をもっと読んでみよう。そう思って、アメリカの紀伊國屋書店に在庫のあったものをすべて取り寄せたりもしました。

外国で暮らしながら、自分の母国語で作品を書いて、母国で発表している作家を、英語では「エミグラントライター」と呼んでいます。イミグラント（移民）ではなくて、エミグラント。綴りは émigré writer です。

同じエミグラント作家として、私は佐藤さんに、親近感を抱くようになっていたのです。同時に「いつか佐藤さんと、いろんなことを話してみたい」と思うように――。

けれども私は「会いたい」とか「SNSでつながりたい」とか「メールを送り合いたい」とは思いませんでした。そうではなくて、何かもっと違った形で、佐藤さんと一対一で話をしてみたい。

それって、どういう形？

考えるまでもなく浮かんできたのが手紙でした。

そう、手紙です。流行りのSNSやズームでは駄目なのです。一瞬にして文章が飛んでいってしまうメールも駄目。手間と暇と時間のかかる手紙じゃないと。その昔、手紙で友だちになった人のことを「ペンフレンド」と、ペンフレンド同士で手紙を送り合うことを「文通」と言い表していました。これしかないと思いました。

往復書簡集。手紙文学。呼び名はいろいろありますけれど、要は「佐藤さんと文通をして、一冊の本を創りたい！」と思ったのです。
これがこの手紙がラブレターであるゆえんです。

さて、ここまで書いてきたことは、実はすべて直感で、ぱっぱっぱっと浮かんできたことばかりです。佐藤さんの作品が好き（ぱっ）――佐藤さんと話をしてみたい（ぱっ）――手紙文学をふたりで創り上げたい（ぱっ）――こういう思考回路です。

ここでほんの少し、自己紹介を。
私は、決断したことは即・実行に移す主義です。思っているだけでは何も始まらない。アメリカへ移住することにしたときもそうでした。児童書を書くことにしたときもそうでした。大きな決断も小さな決断も、即座に下します。直感と、好きか嫌いかが判断基準。時間をかけて検討なんてしません。熟考もしません。ひらめきが最善の正解なのです。「前向きに検討します」などと言っておきながら、検討もしないでぐずぐずしている人は大嫌い。

迅速な決断と行動力によって、物事が成功することもあれば、大失敗することもあります。けれども、大失敗は必ず、あとで大成功に転じますから、私の辞書には「失敗」と「後悔」の二単語は載っていません。

佐藤さん、どうか安心なさって、じっくりと（検討なんかしないで）おつきあい下さいね。


一通目のラブレターの最後は、好きな作家への質問で締めたい（攻めたい？）と思います。読者の方々の代弁者になったつもりで。二千年の歴史を持つ、中世の古都シエナ郊外のキャンティの丘で暮らす、佐藤まどかさんへの質問です。

イタリアで、プロダクトデザイナー（これは具体的にはどんな仕事？）として仕事をしながら、いつ、いったい、どんなきっかけがあって、児童文学を書くようになったのですか？

子どもの本を書くのは、好きですか？
なぜ？　どういうところが好き？
ほかにも訊《き》きたいことはいっぱいありますけれど、きょうのところはあえて、
ここまでで止めておきます。長過ぎるラブレターを送って、好きな作家を困らせ
たり、退屈させたりしたくないから。
お返事を楽しみにお待ちしています。

小手鞠るい

小手鞠るい様

お手紙、いえラブレターをありがとうございました！

小手鞠さんからお手紙を頂けるとは夢にも思っていなかったので、うれしい悲鳴をあげました。あの小手鞠るいさんが、『一〇五度』そして『アドリブ』を読んでくださり、しかも気に入ってくださったなんて、ビッグニュースです。

数年前、エミグラントライター（伊語でスクリットーレ・ミグランテ）である小手鞠るいさんがとても気になって、何冊か取り寄せて読み始めました。最初に読んだのは、『欲しいのは、あなただけ』。衝撃的でした。実は、あまり恋愛小説を読まない上に、父の不倫が原因で両親が離婚したため、不倫話には嫌悪感を抱いていたのです。ところが、小手鞠さんの小説だと、ドロドロしているはずの不倫の話も嫌悪感なく読めてしまい、自分でも意外でした。

その理由は、きっと小手鞠さんの文体にあるのではないでしょうか。洗練された言葉、美しい文章の間に見える「欲望」や「悪意」、そして「愛」と「絶望」。私はこの作家の文章が好きだ。もっと読みたい。そう思いました。

そして児童書も書かれていることを知り、驚きました。「激しい恋愛小説やどろどろした不倫話」で有名なあの小手鞠るいさんが、児童書も書くですって？あわてて日本から取り寄せ、ＹＡ、幼年童話、絵本に至るまで読みました。さまざまな分野で精力的に書かれる小手鞠さんの作品に共通しているのは、読みやすく、柔らかく、優雅な文体。私にとって、小手鞠さんは言葉の魔術師です。

さて、ご質問にお答えしながら、私がイタリアに移住した経緯をお話しいたします。八〇年代の話です。プロダクトやファッションデザイン分野で、イタリアは二十世紀のルネッサンスと言われる勢いで開花していました。ポストモダンデザインと呼ばれるデザインで特異な光を放っていたイタリアに、当時十代の終わりだった私はすっかり魅了されました。二年以上かけてイタリア語の基礎を習得し、お金を貯め、留学先の学校を選びました。ミラノのデザインアカデミーの奨学金を摑み、行ったこともない国へボストンバッグひとつで留学しました。

それからの苦労話を書くと、イタリア流に言えば〈『ダンテの神曲』並みに長い〉ものになるので割愛しますが、卒業後しばらく経ってから、ミラノにデザインスタジオを設立しました。医療機器や家具、内装などのデザインをしながら、二十年以上にわたってライターもやっておりました。日本の建築内装・デザイン専門誌に、イタリアデザイン事情について書いていたのです。徹底して取材し書く、ということを覚えたのは、この時です。ただしこの時点では、まだ本格的に物語を書いたことはなく、ただ趣味で詩や短編小説を書いて引き出しに入れていました。

正直申し上げると、小説家を目指したことは、一度もありません。

今思えば、その頃はなかなか日本語の本が手に入らず、ネットも電話回線の時代でしたので、書くことで日本語に飢えた自分を癒していたのかもしれません。当時は女性が活躍しにくかったプロダクトデザインや内装の現場で、さらにアジア系というハンディを抱えながら仕事をする毎日は刺激的でしたが、ストレスが多く、孤独でもありました。唯一の癒しは、日本語の本を読み、読んでくれる相手もいないのにノートに詩やエッセイ的なものを綴《つづ》る時間でした。

ではなぜ、子どもの本を書くようになったのか。

きっかけは、本当に偶然でした。

家族の健康上の理由で、ある年、空気の悪いミラノから、トスカーナのキャンティの丘に引っ越しました。車で一時間半ほどの地中海側のキャンプ場に大型テントを張って二週間の夏休みを楽しむ予定だったのですが、初日から雨が三日三晩降り続けたのです。スマホもWi-Fiもない時代でしたから、娘は狭いテントに閉じ込められ、退屈していました。やむなく即席で物語をたくさん作って、読み聞かせました。そのうちの一つを後日書き起こし、友人が勧めてくれた児童文学賞に応募したのです。それがデビュー作になった幼年童話『水色の足ひれ』でした。

それから三年ほど経った頃、二作目の幼年童話が出版になりましたが、それ以降は主に中学生向けのYA小説を書くようになりました。次から次へと書きたいことが出てきて、デザインと執筆の二足の草鞋《わらじ》どころではなくなりました。

思い返せば、子ども時代もよく本を読んでいました。小中学校の図書室では、いつも「一番よく借りる子」としてシールをもらっていました。悩みの多い子どもだったので、私にとって、本は寄り添ってくれる大切な存在でした。

二十年以上も副業でライターをやっていて、なぜ執筆業を本業にしようと思わなかったのか自分でも不思議ですが、まわり道をしたことは、小説を書く上で非常にプラスになっていると感じています。

読者からお手紙をもらうと、書いていて良かったとつくづく思います。その昔、私が本にそうしてもらったように、自分の本も読者に寄り添っているのだとしたら、これほど嬉しいことはないです。

ところで、小手鞠さんのお言葉「私の辞書には『失敗』と『後悔』の二単語は載っていません」には、「おお！」と、思わず声を出してしまいました。なんと前向きな考え方でしょうか！　米国の空気とぴったりマッチしているように思えます。

白状しますと、私はそれほど前向きではありません（笑）。「失敗」と「後悔」だらけで、さらに「まだ来ぬ問題さえも心配する」という、まことに面倒な性格なのです。

ただ、私はイタリアで、トラブルがあると交渉し解決するというやり方を学びました。なにしろこの国は、自分で解決せねばならない問題が山のようにありますから。

失敗し、後悔し、未来を心配しつつ現状を分析し、解決方法を考えた上で行動し、場合によってはフレキシブルにアレンジする！　というのが自分流です（少しプロダクトデザインの工程とも似ています）。慎重派ではありますが、決意したらさっさと動きます。あと、転んでも絶対にただでは起きません。

この「行動力」に関しては、小手鞠さんと共通するのではないかと思います。やらなくてもバレない不言実行は苦手で、堂々と有言実行するのが好きです（これもきっと小手鞠さんと似ていますね？）。

ご質問の「イタリア語がぺらぺらか？」ですが、はい、割とぺらぺらです（笑）。夫は日本語が話せないイタリア人ですから、執筆以外はイタリア語のみで生活しています。電話口ではイタリア人と思われることもありますが、対面だと顔はアジア人ですから、いつでもどこでも外国人扱いされます。それでも、人々の真の優しさや気候や豊富な食材、国中に溢《あふ》れる遺跡や興味深い文化全般のおかげで、愛すべき第二の故郷となりました。

長くなってしまいましたが、私の方も、質問がございます。

恋愛小説の名手の小手鞠るいさんが、児童書を書き始めたきっかけは？

一般書と児童書では、書くときの気持ちは違いますか？

小手鞠さんは、どんなお子さんでしたか？

言葉の壁には衝突なさいましたか？

日本が恋しくなることはありますか？

私も小手鞠さんに質問したいことがたくさんあるのですが、今日はここまでにしておきますね！　お返事を楽しみにお待ちしております。


キャンティの丘ではなく、大都市東京に滞在中の佐藤まどかより

なぜ「子どもの本」なのか

佐藤まどか様

イタリアに送ったつもりのラブレターに、東京からお返事をいただきました。私の方こそ、嬉しい悲鳴を上げながら、舞い上がっています。

イタリア語がぺらぺらのスクリットーレ・ミグランテ！

なんてかっこいいんだろう。語学が苦手で、ミーハーな私は、もうこれだけでうっとりしてしまいましたけれど、えっ、なになに、二十代の初めにボストンバッグひとつでイタリアへ〜！　ミラノにデザインスタジオを設立ですって〜！

執筆以外はイタリア語のみで生活〜！　と、文章がだんだん崩れていくのを止めることができません。せっかく佐藤さんから「優雅な文体」と、最上級の褒め言葉をいただいたばかりだというのに。

そして「この作家の文章が好きだ」――これ以上に嬉しいお言葉があるでしょうか。

なぜなら、大人向けでも、児童向けでも、私が作品を書く上で最もこだわっていることは、何を書くか、ではなくて、どう書くか、どんな文章で書くか、だからです。こういうテーマで書きたいから書く、のではなくて、こういう文章を書きたいから、書いてみたらこういうテーマになった、という流れ。これって逆流？

『欲しいのは、あなただけ』もそうでした。あのような文章を書きたくて書いたら、結果として、あのような物語になったのです。そう、まるで魔法にかかったように。だから、佐藤さんが与えて下さった称号「言葉の魔術師」を、私は照れることもなく、お受け取り致します。ただし、魔術師は私ではなくて、言葉の方なんだと思います。つまり、言葉が私に魔法をかけているのではないかと。

何はともあれ、恋愛小説をあまり読まれない佐藤さんが私の全作品の原点とも言えるこの作品を気に入って下さったこと、身に余る光栄です。


さて、ここからは、どろどろした不倫の話を書くのが大好きな私がなぜ、児童書を書くようになったのか、について。

その前に、プロダクトデザイナーであり、ライターでもあった佐藤さんがどういうきっかけで、児童書の世界へ入っていったのか。教えていただいたエピソード、とっても素敵でした。降り続く雨の中、テントに閉じ込められて退屈している娘さんに、即興でお話を創り、物語ってあげているお母さん。なんだかこれだけでひとつ「お話が書けそう！」ですよね。

私の場合は、そのようなロマンティックな動機はなくて、なんて言えばいいのかな、もっと即物的（↑この言葉が適切かどうか自信がありません）な理由からです。

二〇〇六年に上梓《じょうし》した『エンキョリレンアイ』という作品がベストセラーになったとき、無数の出版社から仕事の依頼が押し寄せてきたのです。「弊社でもあのような作品を」「ピュアで切ない純愛小説を」と、似たような依頼が怒涛《どとう》のごとく。大袈裟《おおげさ》な表現のように思えるかもしれませんけれど、実際、この時期に、ほぼ十年分くらいの原稿依頼がありました。そんな中に一社、児童書の出版社が含まれていたのです。

その会社から依頼されたのは、児童書の執筆ではありませんでした。やはり『エンキョリレンアイ』のような、大人向けの恋愛小説を、とのこと。しかし、同様の依頼を多数、すでに抱え込んでいたので、私の方からご提案したのです。御社は児童書を出されている会社なのですから、差し支えなければ、児童文学を書かせていただけませんか、と。そのとき、もう『エンキョリレンアイ』に似たような作品はこれ以上、書くことはできないだろうとも思っていたので、いわば、苦肉の策としてそのような申し出をした、ということです。

私の児童書デビュー作となった『心の森』は、このようにして誕生しました。佐藤さんは「一般書と児童書では、書くときの気持ちは違いますか」と尋ねて下さっていましたね。

答えはこうです。

違いません、まったく。まったく同じです。

実のところ『心の森』を書き始める前は、ちょっと不安でした。「書かせて下さい」と、得意のはったりをかますところまでは威勢が良かったのですけれど、本音のところでは、果たして私に児童書が書けるのだろうかと、自分の能力を疑っていました。

子どものいない私に、子どもを育てたこともない私に、書けるのだろうか、書いていいのだろうかと、おずおずとした気持ちで、見知らぬ外国を地図も持たないで旅するように書き始めてみたところ、これがなんと、すらすら、すいすい、魔法にかかったように——書けてしまったのです！

ポイントはやはり文章でした。こんな文章を書きたい。大人の男性の語りから入っていって、彼が小学生だった頃のできごとを回想しているなら、こんな文章になるだろう。出発点は「こんな文章」です。それしかありません。言い換えると私は、一般書と児童書の文章を、書き分けてはいない、ということになるでしょうか。

そうか、同じでいいんだ。書き分ける必要はないんだ。このことを体感してから、俄然、児童書を書くのが楽しくなりました。

以来、児童書の依頼も「どーんと来い！」になって、現在に至ります。午前中『うさぎタウンのパン屋さん』を書いたあと、午後は『情事と事情』のとんでもない男女のもつれ合いなどを書いていても、私の内部ではなんの矛盾もない、という感じなのです。
私の場合、佐藤さんとは対照的ですけれど、中学生くらいの頃から小説家になりたいと思っていて、渡米後、三十七歳のときに念願の新人賞を受賞、しかしその後『エンキョリレンアイ』で芽が出るまでの十数年以上、鳴かず飛ばずの苦しい下積み時代があったので、未だに、仕事を断るということができないし、断ったりしたくないのです。仕事の依頼をいただけるということがどんなに有り難いことなのか、それはもう、骨身に染みてわかっているから。だから、すべてを引き受けています。どんな細かい仕事でも。どんなテーマの作品でも。私にとっては「文章がすべて」だから、どんなテーマでも書けるのです。これが私の強みと言えば、強みかもしれませんね。

私の話が長くなってしまいました。
今回、佐藤さんのお手紙を読んで、ものすごく腑《ふ》に落ちたことがあります。長年、プロダクトデザインを手がけてこられた佐藤さんの作品もまた、ストーリーのプロダクトデザインなんだなぁ、ということ。佐藤さんの作品を読んでいると、物語というプロダクトがデザインされ、建築されていく過程を、いっしょに経験できるというか、味わえるというか、つまり、佐藤さんは「物語の建築士」なんだな、ということ。

以前、ある出版社のベテラン編集者から「次の作品は、論理的に書いてみて欲しい」とリクエストをいただいたことがあります。

論理的な文章とは？　と、私は考えました。私なりの答えとしては、筋道が通っていること、その筋道に沿って、がっちりと組み立てられていること、ポイントは「建てること」ではないかなと思いました。佐藤さんの文章を初めて読んだときに感じたのは、まさにこれでした。

この作家の文章は、論理的である。

私とは正反対です。私の文章は感情的です。いっそ感傷的と言ってもいいでしょう。主観的です。感情、情感、直感、脈絡もなく、ふいに、突然、浮かんできたことがすべて、みたいな感じかな。これは、文章だけじゃなくて、性格や生き方もです。

あ、そういえば、佐藤さんが書いていた「転んでも絶対にただでは起きません」は、そのまんま私です。性格はよく似ているなと思いました。私も昔は「まだ来ぬ問題さえも心配する」たちでした。がらりと変わったのはアメリカに来てからです。どう変わったのか。これについてはまた追い追い。

最後に再び、佐藤さんへの質問を。

たぶん、テーマはなんでもいい、と思っている私とは違って、佐藤さんには明確に、書きたいテーマがおありだと想像します。

佐藤さんがこれまで書いてきて、そして、これからも書いていきたいテーマはなんですか。

仕事部屋の窓の向こうにいる子どもたちに、佐藤さんはどんなメッセージを発信していきたいのでしょう。

そして、もうひとつ。もっと大きな質問になります。下手なピッチャーの投げるデッドボールみたいな質問。

そもそも、どうして、佐藤さんは子どもの本を書くのでしょうか。書き続けていこうとなさっているのでしょうか。物語の建築士を突き動かしているエネルギーの在り処、あるいは創作の秘密を私に教えて下さい。

初雪が降って、白く美しく幻想的なニューヨーク州の森から

小手鞠るい

小手鞠るい様

東京からこんにちは。

ウッドストックの森にはもう初雪が降ったのですね。

こちらは寒くなったり暖かくなったりですが、どちらにしてもキャンティの丘よりは気温が高いです。

お褒めいただき恐縮です。今にして思えば、イタリアに渡ったことは冒険でした。二年以上準備しましたし、すでに成人していましたが、行ったこともなく頼れる人もいない国にいきなり移住するなんて、無鉄砲ですよね。インターネットがなく情報不足だったので、かえって怖くなかったのかも知れません。

とはいえ、留学したアカデミー卒業後は大変でした。世界中から「無償でいいから置いてくれ」というデザイナーの卵が集中するミラノでは、長時間勤務で小遣い程度の給料しかもらえないのが当たり前でした。仕送りがなかったのでそれでは生活できず、私も非常に即物的な理由からスタジオを開設しました（笑）。しかも最初はなかなか食べていけず、通訳や事務翻訳、アテンド、デザイン誌の記事執筆などを次々にやりました。

和食が恋しくて、スパゲッティに醤油《しょうゆ》をかけて凌《しの》いだり（今ではどんなに小さなスーパーにもある醤油ですが、当時は高額な日本食品店のみで買えました）、ルッコラを無理やり練り込んでヨモギ風味の菓子パンを作ろうとしたり（あまりに不味くて泣きました）、日本語の本を譲ってもらうために東奔西走したり！日本のクライアントと一緒に日本食レストランに行けるときは、大喜びでした。

今となっては、懐かしい思い出です。

小手鞠さんの「こういうテーマで書きたいから書く、のではなくて、こういう文章を書きたいから、書いてみたらこういうテーマになった、という流れ」には驚くとともに、なるほどと思いました。きっと小手鞠さんの中に言葉の湧き水があって、どんどん言葉が溢れ出てくるのでしょうね。

『エンキョリレンアイ』はもちろん拝読しました。二人の恋の行き先が気になり、ハラハラしながら読み進めました。あの恋愛小説がきっかけで小手鞠さん史上初の児童書が生まれたなんて、面白いですね。その後の小手鞠さんの児童文学界でのご活躍を考えると、きっと児童文学も書く運命だったのでしょう。小手鞠さんの「直感」は、常に正しい方向を指している気がします。

「私の文章は感情的です」「主観的です。感情、情感、直感、脈絡もなく、ふいに、突然、浮かんできたことがすべて」を読んで、感嘆しました。

なんて素敵なのでしょう。風のように自由な感じがします。

一般書と児童書に対する気持ちが同じというのも、言葉がすいすいすらすら出てきて書けてしまったというのも、小手鞠さんらしい感じがします。小手鞠さんの頭の中には、執筆の神様が住んでいるのだと思います!

ちなみに私は逆です。頭の中に執筆の悪魔が住んでいるようです。書きたいことは次から次へと湧いてくるのですが、いざ書こうとすると、ニタニタ笑う悪魔に意地悪をされて、悪戦苦闘します。すらすらなんて、とんでもない。いつも苦しみもがいて書いています（笑）。そういえば、プロダクトデザインの設計をしている時もそうでした。やりたいことはすぐに思い浮かびますが、構造上の問題を解決するのに随分苦しみました。

「物語の建築士」と呼んで下さって、ありがとうございます。謙虚に「とんでもない。もったいないお言葉です」というべきところですが、率直に申しますと、とても嬉しいです。確かに私は、論理的な考え方や科学、建築に興味があります。ただ（見かけと逆で私は下戸なのですが）、一度でいいから我を忘れるほどお酒を飲んで理性や理屈をすっかり取り払い、構造が危なっかしくても気にせず、感性だけでゆらゆらと自由でいたいと思うことがあります。

なるほど、だから小手鞠さんの自由自在な文章に惹《ひ》かれるんだ！　と、今謎が解けました。

さて、いただいたご質問について。

テーマと言えるかどうかわかりませんが、私の場合、書きたいことのキーワードがあります。たとえば『一〇五度』の場合は、自分が長年作ってきた椅子についての考察と人間関係、作る人の心理、家族間の葛藤などを描きたかったのです。それで、先に「一〇五度の角度」「人間関係」といったキーワードを出して、書き始めました。

『アドリブ』の場合は、これも九年間娘が通っていた音楽院の生徒たちのことをぜひ書きたいと思い、キーワードは、「音楽への愛」「技術を磨くことの苦痛と葛藤」「ライバル意識」そして「友情」でした。

共通しているのは、「何か好きなこと」、またそれを通して浮き彫りになる「人間関係」や「心理」だと思います。この三つは、これからも書いていきたいと思います。

ティーンズ時代には登校拒否もし、道を外れそうになっていた私がなんとか踏みとどまったのは、好きな道（アート関係）を見つけたからです。また、孤独を感じても、本という大きな味方がいました。

子どもたちや若者を、応援したいです。好きなことを見つけ、孤独な毎日をなんとか乗り越えてほしいです。とはいえ、ただ後押しをするのではなく、物語を通して厳しい現実を知ってほしくもあります。その上で、ぜひ何かに取り組んでほしいです。

もう一つの大きな質問、なぜ書くのか。これについては、すでにお答えしてしまったようなものですが、自分が辛かった時代に味方になってくれたのが、本だったからだと思います。ただし、これは後付けの理由かもしれず、本当は自分の内部からマグマのように噴き出してくる怒りや疑いや闇を、文章にすることで浄化しているのかもしれません。書きたいことは次々に湧き出てくるので、底意地の悪い悪魔をはねのけながら、ずっと書いていこうと思います。

なぜ児童書なのか、というのは、たまたま最初に子どものための話を書いたからかもしれません。主人公の年齢設定が子どもというだけで、あまり意識していない可能性もあります。

ただ、私が気をつけていることがあります。児童書である以上、読んで絶望するようなものは書かないということです。

一般文芸では、絶望的、悲観的なものの方が文学として評価されるとよく聞きますが、私は、毎日のニュースがあまりに絶望的なので、物語の中ではあえて書きたくありません。たとえ一般書を書く機会に恵まれたとしても、救いのない物語は書かないと思います。もしかすると、これが児童書やYAを書いている理由かもしれません。でも、大人のための「救いのある物語」なら、書いてみたいものです。

語学が苦手な小手鞠さんの米国での暮らしぶりがどんな感じなのか、想像できません。前にお写真を拝見したパートナーの方が、日本語をぺらぺらお話しされるのでしょうか。もしそうだとしたら、羨ましい限りです。

私も小手鞠さんに質問したいことがまだまだたくさんあるのですが、前回質問をしすぎてしまったので、今日はここまでにしておきますね！

東京の行列にすっかり慣れてきた佐藤まどかより

第2章

アメリカ、イタリア、日本の子どもたちへ

海の向こうの国が与えてくれたもの

佐藤まどか様

まだ、日本にいらっしゃるのですね。美味しい和食を食べていらっしゃいますか。「スパゲッティに醤油《しょうゆ》をかけて」のところで爆笑してしまいました。私も渡米したばかりの頃は、アメリカの食べ物があまりにもまずいので、これはもう、自分で作るしかないと思って、せっせと料理をするようになりました。

驚かれるかもしれませんけれど、今は、アメリカは日本にも負けないグルメ大国になっています。

さて、最初にいただいたお手紙の最後の方で、佐藤さんは「小手鞠さんは、どんなお子さんでしたか」と、尋ねて下さっていましたね。きょうはまず、この「どんな子どもだったか」から始めてみます。

はっきり言って、いえ、やんわりと言っても、私は暗い暗い暗い子どもでした。おとなしくて、内向的だったのかというと、これが全然そうではなくて、家でも学校でも活発で、はきはきと物を言う子で、学級委員や生徒会の会長などもやっていて、まわりの人たちからはきっと、明るくて元気で前向きで積極的で外交的な子と、思われていたことでしょう。そこが問題だったのです。

本当はまったく違う。ちっとも明るくなくて、うしろ向きで、すごく悲観的な子でした。協調性はゼロ。その証拠に、遠足、学芸会、文化祭、体育祭など、すべての学校行事がいやでいやでたまらなかったし、それ以前に、学校や教室である勉強が嫌いでした。要は、集団行動が苦手ということでしょうか。外目には大勢いるように見えていても、友だちはいないに等しい。実際には心を許していない人たちといっしょに何かをするわけなので、学校生活は苦痛でしかなかった。でも、通知表には「協調性が足りません」とは書かれていなかったと思います。たぶんその逆のことが書かれていたはずです。

自分でもうまく飼い慣らすことのできない、どうしようもない「本当の私」を抱えて悶々としていた子ども。劣等感と自己嫌悪の塊が制服を着て歩いているような少女でした。家庭内に何か問題があったわけではなく、両親からも普通に愛されていた子どもだったのに、なぜなのでしょうね。明るくふるまいながら常に、私はこんな子じゃないと自分を否定していたように思います。そういう二面性に苦しめられていた、というか、自分で自分を苦しめていた、というか。厄介な子どもですね。でも、そのおかげで、佐藤さんの言葉を借りると「自分の内部からマグマのように噴き出してくる怒りや疑いや闇」を、書くことで浄化したいと、思うようになったのかもしれません。だとすれば、私は私の内面に棲んでいる厄介な子どもに感謝しないといけませんね。

今でもよく思い出すことがあります。小中学生だった頃、夕暮れ時、空が少しずつ暗くなってくる時間帯になると、錐《きり》で突かれているかのように胸が痛くなるのです。あえて言葉にすると、それは「寂しい」という感覚でした。家には両親と弟がいて、孤独ではないはずなのに、寂しくて、寂しくて、たまらなくて、その寂しさを埋めたくて、私は本の世界へ、架空の物語の世界へ、逃げ込んでいったのだと思います。このあたりも「孤独を感じても、本という大きな味方がいた」佐藤さんと似ていますね。

そして、ここで話が一気に飛びます。私はこのような暗い子をずっと引きずったまま、大人になっていきました。

大人になれば、演技はもっとうまくなりますから、私が暗い人間である、なんて誰も思いません。でも内面は相変わらず、暗い子どもだった。ポジティブを絵に描いたような夫と知り合ってからも、この性格は変わることがなくて、三十代の頃には毎日のように「死にたい」と言って、彼を困らせていました。「生きていたって、なんのいいこともない」と。もしかしたら、軽い鬱《うつ》状態だったのかもしれません。午後三時くらいになると眠くなって、こんこんと朝まで眠っていましたから。

そんな私を一気にぱぁーっと明るい子にしてくれたのは、ほかでもない、アメリカです。

二十八歳のとき、アルバイトをしていた京都の書店に、お客として本を買いに来た彼と知り合い、その後、東京でいっしょに暮らしていたのですけれど、彼がアメリカの大学院に入り直すことになり「きみもいっしょに来るか」と誘われ、渡米することにしたのです。

私は三十六歳になっていました。当時の私は、小説家を目指しながら、雑誌のフリーライター（これも佐藤さんと同じですね）として、ある程度のキャリアを積み上げていたので、渡米するということは、それらを断ち切るということにもなるわけで、本来なら悩むところかもしれません。でも、前の手紙にも書いたように、直感と即決で「行こう」と決めました。

彼が航空会社に電話をかけて、飛行機のチケットを取ろうとしているのをそばで聞いていたら、

「片道切符でお願いします」

と言っていたんですね。

ああ、片道なんだ、日本へは帰ってこないんだ、そう思うと、胸がはち切れそうなほど膨らんで、文字通り「わくわくする」という感覚を味わっていました。

これから私は日本を出て、新しい世界へ行くんだ！

それはまさに、かつてヨーロッパから新世界を目指した移民の心境でした。

アメリカは、期待を裏切りませんでした。アメリカは私を救ってくれたのです。

解放してくれたんだと思います。楽に、自由に、自分らしく、暗い子のままでも

明るく、生きていける新世界がそこにはありました。

今も、ここに、あります。

アメリカの何がそんなに私を解放してくれたのでしょう。分析してみると、アメリカには、日本にあるような根強い女性差別、女性蔑視、年齢差別などがほとんどないからだと思います。「アメリカには女性差別はない」などと言い切ってはいけないわけですけれど、ここではあえて、言い切っておきます。つまり、アメリカでは、女性が女性であることに自信と誇りを持って生きていける。日本では私にとって、それは非常に難しかった。これに尽きます。

たとえば、私が小学生だった頃、学校へ行くと、男子からしょっちゅうスカートをめくられていました。あれは怖かった。中学生だったときには、教師から「パンツの色は何色？」と訊かれ、お尻にさわられたこともあります。もちろん痴漢も横行していましたし、勤めていた学習塾の男性講師たちは、女子生徒の品定めをして憚りませんでした。ある会社の編集長からは「俺とホテルへ行かないと、本は出してやらない」と言われました。そういうことが日常茶飯事だったのです。あの、激しいセクシャルハラスメント。今はどれくらい改善されているのでしょうか。とにもかくにも当時は、日本は男性優位の社会だった。またそのことの片棒は、一部の女性が担いでいたようにも思います。「言われるうちが花よ」とか、編集長の誘いを断ったせいで、出版を見送りにされた私に「あなたは世渡りが下手」などと言ったのは、女性の友人でした。

ところが、日本を出て、アメリカへ来てみれば、そこには「それは犯罪ですよ」と、きちんと抗議のできる、気持ちのいい世界が広がっていました。本当にぱぁーっと、目の前の霧が晴れたような気がしました。日本では三十を過ぎたら女性はおばさん扱い。アメリカでは何歳になっても女性は女性。誰も女性の年齢を問題にはしない。この開放感と解放感、鎖から解き放たれた感じ、ぱぁーっと目の前の窓が開いて、ガラスの天井が空へすこーんと抜けた感じ。この「ぱぁーっ」と「すこーん」を、私は日本の子どもたちにも味わって欲しい、伝えたいと思って、作品を書いているのかもしれません。

渡米後、言葉の壁には、もちろん苦労しました。しかし、そんな苦労は、日本で目の前に立ちはだかっていた男尊女卑の壁に比べたら、障子と鉄壁です。英語を学び直して、アメリカの会社で働く気は毛頭なかったので、まったく勉強はしなかった。それでも三十年も住んでいれば、適当に話せるようにはなります。

夫からは「きみを見ていると、まったく何も努力をしない人がどうやって英語を習得していくのか、そのいい見本になるね」などと言われています。ちなみに夫は日本語がぺらぺらです。そうじゃなかったら、結婚はしなかったと思います。私の場合、日本語の小説の読めない人とは、いっしょに暮らしていけません。

日本が恋しくなることは、そういうわけで、まったくありません。けれど、日本という国は私にとって、遠くから想っているだけだと、とってもいい国なんです。地球の反対側で暮らしながら、日本のいいところだけを思い出しながら、日本語で作品を書く生活、というのが非常に気に入っています。

子どもたちにも、この気持ち良さを伝えたいと思っています。あなたを縛り付けている日本の常識なんて、海を渡ったら、消えてなくなってしまう、その程度のものなんだよと。

佐藤さんが書いていらした子どもたちへのメッセージ――「好きなことを見つけ、孤独な毎日をなんとか乗り越えてほしい」「物語を通して厳しい現実を知ってほしい」「その上で、ぜひ何かに取り組んでほしい」――を、私は、世の中に絶望していた、かつての私に聞かせてやりたかったなぁ。

佐藤さんが懸命に悪魔をはねのけながら（でも、それが書く力になっているんですよね、きっと）書かれた「救いのある物語」として、近著の『スネークダンス』を思い浮かべました。この作品を読んだ子どもたちは、自分にも何かができる、何かに取り組んでみようと、胸を張って思うはずです。そのような具体的、かつ建設的なメッセージを物語にして届けようとしている佐藤さんを、私は応援します！

実のところ、私は悲劇が好きで、アンハッピーエンドで、まったく救いのないお話が大好きなんですよ。書くのも読むのも、児童向けでも大人向けでも。

この話はまた別の機会に。

最後にまたいくつか、佐藤さんにお尋ねしたいこと。

イタリアでは、障害のある子も、ない子も、同じ教室で学んでいる、イタリアは弱者に優しい国である、という話を、佐藤さんのツイッターでちらりと読んだ記憶があります。

日本には、出る杭は打たれる、ということわざがあるように、子どもたちは人と同じようにふるまい、人と協調していくことが大変な美徳であるかのように、幼い頃から教育されているように思えます。少なくとも、私はそうでした。

異分子を弾き、人と違ったところのある人を排斥しようとするから、日本の学校内でいじめが起こるのではないかと思うのですけれど、イタリアではいかがでしょうか。

差別、いじめ、育児放棄、家庭内暴力、性的虐待（昔は「いたずら」と呼ばれていました。とんでもない呼称。言語道断です）を含めた児童虐待。これらは、今の日本の子どもたちが晒されている社会問題ではないかと見受けられます。

深刻な話題を切り出してしまったでしょうか。

佐藤さんからのお手紙に、私は救いを求めているのかもしれません。

小手鞠るい

小手鞠るい様

こんにちは。ウッドストックの森の中を颯爽《さっそう》とランニングされている小手鞠さんを想像しながら、お手紙を書いております。

私はランニングどころか、東京の地下鉄の乗り換えだけでも（階段が多く）ヒーコラ言っております。普段トスカーナの田舎ではどこにいくのも車で移動するのですが、コロナ時代のロックダウン生活では運転さえもせず、まるで地中海の海底にじっと生息している海綿動物、スポンジのようだったのです。

しかし東京生活にすっかり慣れ、スポンジにも少々筋肉がついてきました。あちこちの書店で買った本数冊を抱えてずんずん歩く毎日です。先日はなんと、大柄な男子高校生たちを追い抜くという快挙さえやってのけました！

今回小手鞠さんのお手紙に興奮し、お返事が大長編になってしまったので、一回頭を冷やしてから書きなおすことにしました。私の場合、すぐに書くとろくなことがないのです。なにしろ、まず例の悪魔と戦わないといけませんから。

アメリカがグルメ大国になってきたなんて、意外です！　米国というと、ファストフードか高級レストランの二択、というイメージでした。国全体の食文化が短い間に変わったことには、何かきっかけがあったのでしょうか。というのも、欧州の食文化は国ごとにかなり違いますが、私が移住してきてから現在まで、あまり変わっていないからなのです。頑固頭の旧大陸たる所以でしょうか（笑）。

東のグルメ大国日本から西のグルメ大国イタリアへ来た私は、ラッキーでした。食生活が合わないと、移住生活は辛いばかりですよね。幸い食材が豊富でなんでも美味しいことは、苦難を乗り越えるのに大きな助けになってくれたと思います。

小手鞠さんが暗い子どもだった、ということにも驚きました。きっと、小手鞠さんはとても気を遣う子どもだったのでしょうね。みんなの前で、一生懸命「明るく協調性のある良い子」を演じ、本当の自分を抑えて暮らすことは、相当なストレスだったはずです。そういうギャップのある日本の子ども（大人も）は、多いのではないでしょうか。

学級委員や生徒会長というのは、子ども時代の私と正反対です。私はそういう人に憧れてはいましたが、人前で話すのがとても苦手な赤面症の子でした。家庭が複雑でしたし、母親からあまり愛されていないと実感していたので、内向きで気難しい子でした。九歳から家事もよくやるような「良い子」でもありました。

それが反旗を翻して反抗的になったのは、十五歳の頃。

あの時、勇気を出して反抗する、ということを覚えたからこそ、今の自分があるのだと思います。それ以来、一生反抗期！　をモットーにしています（笑）。

ところで、小手鞠さんがお書きになった、通知表の「協調性」で思い出しましたが、イタリアの学校では、そういう欄がそもそもありませんでした。娘の通知表には、学業成績の結果と、学習態度のみがありました。

学期末の二者面談では、成績のこととか、数学オリンピックに出るとか出ないとか、音楽や美術の道に進むのか進まないのかなど、学業や将来の進路のことだけを話し合いました。クラスでいじめ問題がなかったからかもしれません。娘は小学校低学年の時、シャイで体が小さいことにより、上級生からひどくからかわれていた時期がありましたが、クラスではみな仲良く、深刻な状況ではありませんでした。

イタリアでは協調性、というのはあまり求められていないように思います。その話が出るのは、体育の団体競技のときだけです。個人主義的なイタリアですが、意外にも団体競技が得意なのです。サッカーとかバレーボール、バスケットボールなどはチームプレーが重要ですが、これは同調圧力的な協調性とは違いますよね。互いの個性を生かした連携ワークとでも言いますか。

一方、日本の子ども時代の自分の通知表には「協調性」の欄があったように記憶しています。丸、三角、バツの評価だったと思います。

米国の小中学校の通知表では、こういった、生徒の人格についての評価もあるのでしょうか。

アメリカが小手鞠さんを「ぱぁーっ」「すこーん」と救ったということ。とても腑に落ちました。小手鞠さんは、協調性のある子を演じ続け、男子からスカートをめくられ、痴漢に触られ、社会人になってもセクシャルハラスメントで酷い目に遭っていたのですから!

そういえば、今では相当に強い私ですが、ティーンズの頃は電車の中で痴漢にあっても叫べず、泣き寝入りをしていました。特に高校時代は満員電車で通っていましたので、毎日嫌な目に遭っていました。

アメリカでも、業界によってはセクハラ（略語は通常苦手ですが、以下日本式に略します）はあったでしょうが、女性たちはいつまでも黙っていませんでしたね。Me Too運動が起きたのは、アメリカらしいと感心したものです。

アメリカほどではないですが、イタリアでも、女性が活躍できる場が増えたように思います。南北の格差は大きいのですが、中北部では女性の活躍が顕著です。イタリアの現首相は、女性です。

とは言っても、昔はぜんぜん違いました。私がイタリア北部の商業都市ミラノのデザインアカデミーを卒業し、仕事を始めた八〇年代の後わりは、まだまだ男性社会でした。プロダクトデザイン、インテリア内装、建築などの分野では、女性は本当に肩身が狭かったのです。男性ばかりが活躍する業界で、しかも年齢よりずっと幼く見えるアジア系の女性ですから、難易度はさらに高く、完全に「舐《な》められ」ていました。

内装工事の現場監督などは、とくに苦労しました。イタリア人の建築家（男性）と組んで仕事をしていたのですが、彼がしばらく来られず、私が一人で監督をした期間がありました。

大工さんたちに指示をしても、彼らは私を「お嬢ちゃん」と呼んでヘラヘラ笑いながら「セクハラ」的な目つきで見つめてくるのです。ある時、小さな工事ミスによる事件が起き、その時に慌てずテキパキと指示をして問題を解決した私を見て、やっと棟梁《とうりょう》を始め大工さんたちが「アルキテット（デザイナーではなく建築家の称号ですが、指示を出す人という意味合いで）」と呼んでくれて、以後はきちんと指示通りに動いてくれるようになりました。

しかし、こういうセクハラ的な経験はイタリアだけではなく、欧州あちこちの見本市会場の内装工事現場でも同じでした。相手がドイツ人でもスイス人でもフランス人でも、同じように問題がありました。会場で設営工事をしているのは百パーセント男性でしたから、それはそれは居心地の悪い状況でした。

現在では、日本でも世界でも、タクシードライバーやバス運転手、パイロットなど、男性だけだった分野でも女性が活躍できるようになってきましたね。私が若かった頃に比べると、良くなったと思います。

ただ、女性の年齢差別については、日本ではまだ根強いようです。例えばテレビの女性キャスターは二十代ばかりで、中年の女性キャスターをあまり見ません。イタリアでは、ニュースキャスターや司会者の女性は、通常四十代、五十代が多いです。原稿を読むだけではなく、自分の意見もしっかり言います。アメリカもきっとそうでしょうね。

近い将来には、日本の政治経済番組の司会者や解説者に、頼もしい中高年女性が多いなんていう時代が到来することを祈ります。

「あなたを縛り付けている日本の常識なんて、海を渡ったら、消えて無くなってしまう、その程度のものなんだよ」という小手鞠さんのお言葉、力強いです。まさにそれを日本の子どもたちに伝えなくてはならないと思います。世界は広く、いろんな人がいるのですから。海外の同年代の子たちの暮らしぶりや、違う国の習慣や文化、考え方を知ることで、気づくことは多いのではないでしょうか。

例えば、小手鞠さんの『ある晴れた夏の朝』は、日本、いや世界中の中高生に読んでほしいと思います。この物語を読めば、世界で唯一の被爆国に対するさまざまな考え方が存在することを知り、同時に、無知であることの恐ろしさ、共感することの素晴らしさを理解し、平和を願う小手鞠さんの熱い想いが伝わってくるはずです。小手鞠さんの直球が私の胸の奥までずしんと届き、涙が出ました。

アンハッピーエンドがお好きなことは、小手鞠さんの一般書数冊を拝読して、理解しておりました（笑）。私は、ハッピーエンドとまでは行かずとも、どこか希望の持てる作品を書いているつもりです。『一〇五度』という椅子づくりの少年と少女の物語は中高生向きですが、完全なハッピーエンドではありません。最後に開けるべきは、少し、重い扉ではあります。また、近未来の監視社会を描いた『つくられた心』は一見ハッピーエンドですが、実はかなり不気味な終わりかたをしています。でも、希望の兆しはあるのです。最後のページの先は、若者が作るべき未来だ、まだ間に合うという意味で。

高学年以上の子どもたちには、「考える」きっかけになるものを書きたいと考えてきました。自分の頭でよく考えるということは、とても大事だと思うのです。自分の将来や、社会を良くしていく上において。

最後の社会問題についてのご質問ですが、まさに核をついていらっしゃいますね。

特に日本の子どものいじめ問題は、激化しているように思います。

もちろん、イタリアにいじめがないとは言えません。残念ながら、いじめっ子は世界中にいるでしょう。問題は、クラス全体で誰かを無視するような「組織的ないじめ」なのかということではないでしょうか。

その背景には、小手鞠さんのおっしゃる「違いを受け入れない」という要因に加え、「同調圧力」が強すぎるのではないかと、私も思います。

協調性については前述した通りで、イタリアでは、違うこと、個性的であることがむしろ積極的に受け入れられます。

イタリアにはインクルーシヴ教育というのがあります。つまり、特別支援学級がないのです。東京大学の研究会がこのイタリアのシステムの研究をしているぐらいですから、日本でも少しずつ注目されてきているようです。

盲学校などの特例を除き、皆が同じ教室で学びます。クラスは最高限度二十七人ですが、大抵は二十人ぐらいです。ハンディを抱える生徒には、それぞれ一人ずつ補助の教師がつきます。

もう一つ興味深いのは、ほとんどすべての学校が公立だということです。これはスカンジナビア諸国なども同様です。フィンランドでは「良い学校とは近所の公立校だ」という話を聞いたことがあります。

イタリアにもカトリック系やインターナショナルスクールをはじめ、私立校は多少ありますが、公立の方が一般的であり、また教育的に優れているというのが世間の認識です。貴族（王制が廃止されているので非公式な位ですが）や大金持ちの子も、アフリカからの難民も、欧州内外からの移民も、みな同じ公立校の教室に通います。

娘のクラスにも、さまざまな国の子、親と肌の色の違う養子、宗教の違う子、弱視の子、軽い知的能力障がいのある子、自閉症の子、言葉のハンディのある子（移民や難民の子）などがいました。

小さい頃からそうして「個性のある子」たちと一緒に過ごしますから、「自分と違う誰か」に対する抵抗が少ないのではないかと思うのです。

ただし、イタリアでは中学校からは進級試験が難しいので、授業に全くついていけない場合は、残念ながら落第します。確率的には、クラスで一人か二人は落第するといった感じでしょうか。高校になると、学力別あるいは分野別に高校のタイプが分かれ、落第率はさらに上がります。

落第問題はともかく、インクルーシヴ教育という可能性は、大いにディスカッションされるべきことだと思います。

こうして、違う人を受け入れるスピリットに溢れるイタリアではありますが、人種差別が全くないわけではありません。人によっては、アフリカ難民を疎ましく思っていたり、内心ではアジア系移民を差別している人もいます。

それでも、欧州内の他の国を旅して実感した経験から考えると、人種差別は比較的少ないほうだと思います。

育児放棄や児童虐待については、個々の問題はもちろんですが、行政や社会のシステムや人々の心の影響もあると思います。例えば、東京では電車の中で妊婦さんに席を譲る人は少ないですし、保育園や幼稚園の数が圧倒的に足りないのです。育児をしながら働いている会社員は肩身が狭いのですが、同僚たちにしても労働時間が多くなり、ストレスが溜《た》まっているので、心にゆとりがないのでしょう。そんな環境ですから、日本で子育てをしながら働くのは、非常に難しいと思います。

また、最近の若い男性たちは少し変わってきたものの、日本では、まだまだパパが子育てに参加する時間が少ないと思います。イタリアでは、週末に公園へ行くと、子どもを連れてきているのはパパばかりです。

こういった「子育てが難しい状況」では、決して幸せな育児ができません。産んだ後、誰も新米ママを助けてくれないし、経済的にもきつく、社会のシステムも頼れない。メンタルがやられてしまいがちでしょう。もちろん、個々の責任も大きいでしょうけれど。

イタリアの公立保育園は、親の収入により費用が大きく変わります。この「経済状況別の学費」は、大学でも全く同じです（大学は数少ない例外を除きほぼ国公立です）。貧困家庭の場合、学費や学食費が無料になります。これについて、国民の認識は「当然」であり、学費について腹を立て社会問題にするような富裕層は今のところいません。どんなに貧しい子でも、大学に進学する事ができるのです。今年読んだニュースでは、アフリカからの難民だった少年が、必死に勉強し、イタリアの国立大学最難関である医学部に受かり、現在は研修医をしていると、誇らしげにインタビューに答えていました。貧困家庭の子どもたちにも夢を摑《つか》むチャンスがあるというのは、大変重要な事だと思います。

日本で顕著になってきた格差社会は、貧困家庭の人々の心をますます荒んだものにしていると思います。しかし、大人が投票で選んだ政治家たちによる政策の問題で子どもたちに影響が及ぶのは、やはり納得できません。どんなに貧困な家庭の子どもでも、きちんとした教育を受け、食べる権利があるはずです。

人種差別やいじめ、育児放棄や児童虐待、また格差社会や教育について、アメリカではどうでしょうか。

佐藤まどか

column

交換書評 1

『月にトンジル』

（あかね書房、2021年）

R「表裏のない人になりましょう」――これはつまらない道徳の教科書に出ていそうな文。「人間には表裏があります」――これは、児童文学のテーマとして大いにあり。しかし「裏の部分はその人のうまみ成分である」と書いた佐藤さんは、児童文学のその先にあるものを見せてくれた。表裏ありあり少女だった私に読ませたかったなぁ。表裏のない人が苦手な私、この作品が大好きです。ダイスキとダイキって、似てるよね？（小手鞠るい）

『命のスケッチブック』

（静山社、2022年）

M愛娘を亡くした一人の母、中谷加代子さんの語りを、小手鞠るいさんが美しい日本語で綴ったノンフィクション。深い悲しみから生まれた優しさと強さに圧倒された。悩み多き子どもたちよ。明日が不安な大人たちよ。是非この本を読んでほしい。いま私たちは、生きている。それだけでいい。その幸せを噛み締めたいと、強く思った。（佐藤まどか）

column

おふたりに質問! 1

Q セクハラについてのお話がありましたが、いま、当時のご自身になんと声をかけたいですか?

M 昔は、若いアジア系女性として大変でした。道を歩いていても、あまりの誘いの多さに辟易しましたが、イタリアの場合、割と口だけです(笑)。しまいには「かわしのプロ」になりました。軽いセクシャルハラスメントならブラックユーモアを交えてピシャッと。重いレベルならば、証拠集めをしてから法的措置で懲らしめてやりましょう。そういえば、電車内の痴漢や盗撮なんてイタリアでは聞いたことありません。当時の自分に助言したいのは「もっと体を鍛えろ!」。体力がないといざという時に逃げられないし、精神的なプレッシャーに負けがちですから。私は意外と筋力も体力もないので、長年クラゲのように柔軟かつしたたかに生きようとしてきました。ゆらゆらと大海をさまよう毒クラゲは、セクハラ・パワハラ男をプチッと刺します!(笑)。(佐藤まどか)

R

新卒で就職した出版社の社員旅行の夜の宴会が始まる前に「女性社員は浴衣の下には何も着ないように。必ず、男性と男性のあいだに座るように」と上司から言われた時「ああ、一刻も早く、会社勤めというものを辞めたい」と思っていた私に、四十年後の私がかけてあげたい言葉。「それは、れっきとした犯罪です。セクシャルハラスメントは犯罪の一種。もしも今、アメリカでそういうことが起こって、あなたがその会社を訴えたら、裁判で勝てるよ」——。性犯罪者を痴漢と呼び、性的な暴力や虐待をいたずらと呼ぶ日本社会は、男性の下半身に対して、だらしなさ過ぎます。いまだに、満員電車や映画館で痴漢に遭っても声を上げない女性が多いという。この点だけを取り上げると、先進国で最も遅れているのは日本。これは大きな恥。日本の女性たちよ、良識ある男性たちよ、もっと声を上げよう！（小手鞠るい）

子どもの世界をとりまくものを考える

「一生反抗期！」の佐藤まどか様

一生反抗期！　という素敵な言葉をキーワードにして、佐藤さんの作品を再読してみたところ、なるほどなぁと、腑《ふ》に落ちることばかりでした。『スネークダンス』に出てくる、私の大好きな山中歩。あの子もきっと「一生反抗期！」なんですよね。

——あっそう。じゃあたしのことも山中と呼ぶな。名字は大キライなんだ。アユムと呼べ。歩くの『歩』と書くが、あゆみじゃないぞ。アユムだ。おまえもフルネームで名乗れ。

この台詞を読んだ時点で「ああ、この子、大好き!」と思ってしまった私です。佐藤さんはあとで、この子に、こんな台詞を言わせています。

——おかあさんとか呼ぶな。遺伝子的に母親というだけで、おかあさんじゃない。親ってさ、BEじゃなくて、DOだと思うんだ。産んだからおかあさんじゃないっつーの。

痺《しび》れました。惚《ほ》れ惚《ぼ》れします。山中歩に対してはもちろんのこと「産んだからおかあさんじゃない」と、娘に言い切らせている作家(佐藤さんはお母さんなのに)に、惚れ惚れした次第です。母親の愛情は無条件で絶対的、というような嘘《うそ》っぱちが書かれている作品に、日頃から辟易しています。ほんとかなぁと、いつも疑ってかかっています。だったらなぜ、実母による幼児虐待や育児放棄が起こるの？　って。でも、私は母親になったこともないんだから、こんなこと、言ったらいけないんだろうなぁと、遠慮しているわけです。なんて慎み深いんだろう、私って。

ますます少子化が進んでいる日本。私も、子どもは産みたくないと思った女性のひとりです。「子どもを産んだ人には五十万円あげます」なんて、笑うに笑えないことを決める前に、なぜ、日本人女性たちが子どもを産みたがらないのか、について、日本の官僚や政治家たちに考えていただきたい、と思うのは、私だけでしょうか。

ここまでは前置き。

今回、佐藤さんの力作のお手紙を読みながら、ああ、私はこういうことが知りたかったんだと思うこと、しきりでした。たとえば、イタリアの教育制度について。同じ教室で、さまざまなバックグラウンドを持つ子どもたちが肩を並べて勉強していること、障害のある子を隔離してひとつにまとめてしまっている、いわゆる特別支援学級が作られていないこと、お互いの違いを受け入れようという共通認識。多人種・多民族国家であるアメリカでも、多様性とはゴールではなくて、初めからそこにあるもの、違いがあるのが当たり前である、そういう大前提があります。これに加えて、最近のアメリカでは、特に人種問題に関して、単なる平等にとどまらない「公平＝エクイティ」を目指そう、という動きが活発になってきています。これまで差別されてきた人たちを、より優遇していこう、というような考え方です。

ただし、ここで言うアメリカとは、私の目に映っているアメリカに過ぎません。ご存じの通り、アメリカには五十の州があり、州によって、法律を含めて大から小まで、実にさまざまな違いがあるので、まるで五十の国があるようなものだと考えた方がアメリカをよりよく理解できます。日本の報道を読んだり聞いたりしていると、キャスターや評論家が「アメリカでは……」と、平気で言っています。「アメリカの＊＊州の＊＊という町では」と言わない限り、アメリカという国は見えてこないと私は思っています。

そこで、アメリカの教育制度について、ひとりのアメリカ人＝私の夫を例に挙げながら、書いてみます。

彼はハワイ州ホノルルで生まれました。父親はユダヤ系&アイルランド系。ホノルルでは、州内でトップレベルとされている私立の小中高一貫教育校へ（オバマ元大統領の出身校でもあります）進学し、高校卒業後は海を渡って、アメリカ本土にある、アイビーリーグの一校、イェール大学へ。大学では東洋哲学を専攻。

こう書くと、まあ、日本の常識から、それほど外れてはいない、という印象がありますよね。

しかし、ホノルルでは、小学生時代は生徒たちはみんな、裸足で学校へ通っていたそうです。いいですよね。大地を裸足で駆け回る、ワイルドな子ども時代。

中学生時代には、当時、大流行りのディスコへ行きたいがために、偽物の免許証を闇の業者に作ってもらって入店していたそうです。高校生時代には放課後、ワイキキビーチで酒を飲んだくれていたようです。こんな少年でも一流大学へ進学できるのは、おそらく、大学の受験システムが日本とは根本的に異なっているからでしょう。これについては紙幅の関係もありますので、ひとまず脇へ置いておきます。

そして大学卒業後、彼は会社には就職しないで、かねてから興味のあった日本へ渡り、英会話学校の教師をしながら、日本語を独学。その途中で、私と知り合った、というわけです。知り合ってから八年後「アメリカの大学院でアジア研究をするんだ」と言い出して帰国し、ニューヨーク州にある、ここもアイビーリーグのコーネル大学の修士課程に入ります。その途中で今度は「このまま博士課程に進んで、大学の先生になったとしても、研究者になったとしても、一生、貧乏暮らしを余儀なくされる」と思ったらしくて、また独学で、株や税法や投資を学んで、結果的には個人不動産投資家になります。

日本語はぺらぺらで、日本の古典文学がすらすら読めるほどの実力者ですけれど、数学は苦手で、コーネル大学院の入学試験に出題されていた簡単な方程式すら解けず、私が解き方を教えてあげたりしたほど。私も数学はからきし駄目なのに、それでも彼よりはましだったのです。ちなみに、分数の足し算をするとき、彼が通分もしないで、それぞれの分母と分子を足してしまったときには、大笑いをしてしまいました。

このようなことからも、アメリカではいったいどんな教育がなされているのか、なんとなく想像できますよね。つまり、アメリカでは（と、あえて書きます）全科目がすべて優秀でなくても、何かひとつでも秀でているものがあれば、それを伸ばしていこうとする、そういう教育をもって良しとする考え方が主流なのではないかと、私の目には映っています。

夫というアメリカ人をそばで見ていると、常に自分に自信を持っているのだということがよくわかります。彼が「できない」「不可能だ」「あきらめる」というような、うしろ向きな言葉を発するのを聞いたことがないのです。また「もっとがんばろう」「まだまだ」と反省ばかりしている私とは対照的で、彼は好きなこと、得意なこと以外は、まったくがんばらないんですね。「不得意なことは、それが得意な他人に任せておけばいい。僕はリラックスして生きる。人生とはエンジョイするもの」がモットーなのです。こういうところも、ゆるくて、ハンドルの遊びの部分が多い教育制度のなせるわざではないかなと、私は分析していますし、彼をうらやましくも思っています。

日本の子どもたちの多くは、小学生時代から、人と競争させられ、成績は数字と点数と偏差値だけで評価され、大学を出たら、会社に就職する、ということをまず考える、というか、考えざるを得ないような社会になっていると思うのです。かわいそうだなぁ、もったいないなぁと思います。自分の将来を、学校や会社や社会や国家に「委ねる必要なんかないんだよ」と、私は言ってあげたい。人生をどう生きるか、それを決めるのは自分自身であって、学校や教育制度ではないし、ましてや、社会や国が決めるわけではないんだよと。夫はまさに、そういう教育を受けてきたからこそ、裸足→東洋哲学→日本で英会話教師→日本人女性と知り合って結婚→アメリカに戻ってアジア研究→貧乏はいやだ→方程式が解けなくても不動産投資で成功、というような柔軟な道、まっすぐではない、道草の多い、愉快な人生を歩んでこられたのかな、と思います。ちなみに彼は、私以上にばりばりのフェミニストです。

夫の話が長くなりましたけれど、佐藤さんは前に「小手鞠さんたち、どうしてそんなに夫婦仲がいいんですか」と、おっしゃっていたことがありましたね。これでほんの少し、その回答が書けたかな？　おそらく私は、私が受けてきた教育とは真反対の教育を受けてきた、フェミニストの夫に惹《ひ》かれている、ということなのかもしれません。

まだまだお返事を書き足りない気持ちでいっぱいです。実は、次回以降のお手紙でぜひ、佐藤さんとおしゃべりしたいテーマが浮かんできました。

それは、これまでにも話題に上っていたセクシャルハラスメントとも関係してくるのですけれど、子どもたちに対する性教育ですね。これは、イタリアの学校や家庭では、どんな風になされているのでしょうか。夫の場合には、思春期を迎えたとき、父親や叔父さんたちが性について、手取り足取り（？）教えてくれたそうです。

日本の児童書業界では性欲を真正面からテーマに取り上げて書くことは、ある種のタブーのようになっている、という話を小耳に挟んだことがあります。「母親の愛は絶対的なものである」と同じように「性的な成長や性行為などは児童書に書くべきことではない」というような、暗黙の決まりが日本社会にはある、ということなのでしょうか。

そういえばつい最近、中絶権の是非を巡って、アメリカでは民主党と共和党の支持者のあいだで激しい論争が巻き起こりました。私は、子どもたちに対して、中絶うんぬんを説くよりも先にまず、避妊を徹底的に教えなくてはならないと考えています。中絶が必要になるようなセックスはするな、ということですね。さらに、出産を男性にも擬似体験させようとする良い傾向にあやかって、中絶手術も男性に擬似体験をさせるべきではないか。つまり、男も中絶の現場に立たせるわけです。これは効きますよ、きっと。男の子も「ああ、彼女に、こういうことをさせてはいけなかったんだ」と、心底、思えるのではないかな。イタリアでは、中絶は禁止されているのですよね？　間違っていたらごめんなさい。

売春も、中絶も、母親の育児放棄も、なぜか日本では、女性だけの問題とされています。買春する男や、少女に中絶を、母親に育児放棄をさせるようなことをした人たちや、性的虐待やレイプの加害者が、日本では厳罰の対象にならないのはなぜなのか、不思議でなりません。

次回はぜひ、このあたりのこと、性教育や性的虐待について、そして、そのこととも深く関係しているに違いない育児放棄などについて、佐藤さんと意見交換ができたら嬉しいです。

＊追伸＊いじめ問題や人種差別については、また別の機会を設けて、あるいは今後の話の流れの中で、改めて言及したいと思います。一通の手紙では到底、書き切れないことですよね。

年末年始もひたすら好きな仕事に没頭している

小手鞠るい

好きなお仕事に没頭している小手鞠るい様

作品を再読していただき、反抗的な歩に共感していただいて、この上なく幸せです。最高のプレゼントだったので、長引いていた風邪が吹き飛びました！

親の愛は無条件、と考える人は、相当に幸運な育ち方をしたのでしょう。毒親を書こうとした私に、「親というのは、とにかく尊敬するべき存在じゃないんですか？」と聞いてきた出版業界の方と、ディスカッションしたことがあります。愛されて育ったのは良いことでしょうが、家族に恵まれなかった人の気持ちを察することができないのは、大きなハンディだとそのとき私は思いました。特にそれが書き手や編集者という、マイノリティの声を届ける立場にいる人なら、百年の恋もいっぺんに冷めます！

児童虐待をする鬼親も少なからずいますし、そこまで行かずとも無責任な親、色んな意味での毒親は結構多いと思います。親は、尊敬すべき、愛すべき対象だとは限りません。私自身、平和な家庭には恵まれませんでしたが、もっとひどいケースもたくさん見てきました。だからこそ、歩にはあのきついセリフを言わせました。小手鞠さんもどうぞ遠慮なさらず、声高にお願いします（笑）。

アメリカは、全体の広さや州ごとの特徴や法律の違いを考えると、欧州連合と同じように捉えるとわかりやすいなと思いました。欧州連合は共通通貨を使用し、さまざまな社会のシステムがある程度統一されていますが、法律のみならず税率さえもまったく違いますし、何年経っても本当の意味での統一感はありません。それぞれの国の歴史が長いのであたりまえですが、言語も人種も食べ物も、プラグの種類でさえ違います。まとまるわけがありません。

アメリカは、州法が大きく異なるわけですから、同じ国としてひとつに括るのは難しいでしょうね（銃販売規制法も州ごとに違いますよね）。とはいえ、小手鞠さんの旦那さんは、まさにアメリカ式の生き方を代表しているようで、大変わかりやすいです。裸足で通学なんて、理想的な子ども時代ですね。高校時代にお酒を飲んだくれていても、なにかの才能があれば名門大学に入れるという自由な選抜方法も、目から鱗です。個人的には、理想的な教育に近いと思います（国公立大学の授業料が無料だとさらに良いですね）。

イタリアのシステムは日本とも米国とも違いますが、医学、建築学、工学など厳しい選抜のある一部の学部を除き、国立大学に入学するのは誰でも可能です。ただし、卒業するのは簡単ではありません。昔は三割未満しか卒業できませんでした。つまり、日本（主に文系の）の大学生がよく言う「大学に入ったら遊べる」という図式は当てはまらないのです。これは、ロンドンの大学に行った娘の大学生活を思い出しても、同じでした。

それにしても、「ハンドルの遊びの部分が多い教育制度」というのは素晴らしいですね。イタリアの北部地方レッジョ・エミリアの教育システムもそういった自由なやり方で世界から注目されてきました。

全科目を満遍なくできないといけない丸暗記型教育は、そろそろ限界なのではないかと思います。暗記と計算は、ＡＩに任せておけばいいのではないでしょうか。

さて、このお手紙の本題「性教育について」。

イタリア人の夫は、五歳で看護師さんに一目惚《ひとめぼ》れして、用意したプレゼントをこっそり渡したそうです。また中学生時代には、自分の手を相手にキスの練習をしていたそうです。聞いた時は爆笑しましたが、パートナーを喜ばせたいというイタリア人らしい発想かもしれません。

でも、家庭や学校で性教育が盛んに行われていたという話は聞いたことがありません。生物学の中で、生物の妊娠や出産についての授業はあったようですが。

娘の中学校（通常十一歳から十四歳）では、一応性教育がありましたが、数回授業があっただけのようです。高校でも同様に、外部の女性数人が来て説明会をやったようですが、あまり深い話には発展しなかったようです。

イタリアでは中絶がタブーだというイメージがあると思いますが、意外に早くから可能となっています。一九七八年に定められた法律で、事情があり妊娠九十日以内であれば、合法的に中絶できます。暴行されて妊娠してしまうこともあるわけですから、これは女性の至極当然の権利だと、私は思っています。

実際には、双方が合意の上で関係を持ち妊娠したケースのほうが多いでしょうが、まだ心が未熟な十代前半の少女の場合、産んで育てることが必ずしも正しいとは思えません。もちろん小手鞠さんがおっしゃる通り、妊娠することが目的でない限り、避妊を徹底しなければならず、そのための教育が大事ですね。

イタリアの若い女性の場合、避妊ピル（医師の処方箋が必要です）を飲む人が多いですが、女子の負担だけが多い、男子にとってあまりにも安直な避妊方法だと思います。

カップルには、ぜひこの辺をよくディスカッションしてほしいです。これこそ、学校教育で徹底して教えるべきことではないでしょうか。避妊具は、望まない妊娠を避けるだけでなく、このところ急増している性病防止策にもなりえますから。

妊娠し出産し子育てをする女性の社会進出を拒むのは、同僚の男性だけでなく、むしろ女性であるという話もよく聞きます。つまり、「自分は仕事のために子育てを諦めてきたのに、ワーキングマザーたちは考えが甘い」というものだそうです。

私には、双方の言い分がよくわかってしまいます。私は出産前日まで仕事をしていましたし、一家の大黒柱として、産後もすぐに仕事を開始しました。しかし、夫も子どもの世話はしましたし、時には姑《しゅうとめ》やベビーシッターに子どもを預けました。

そういう環境でなければ、多忙だった私は、子どもを産もうとは思わなかったでしょう。ちなみにうちの場合、子どもを欲しがったのは夫でした。「子どもは欲しくないから結婚する必要もない」と言っていた私を滔々《とうとう》と説得しました。今では、そのことに感謝しています。

日本のワーキングマザーは、非常に肩身の狭い思いをしながら仕事をしています。子どもの熱が出たので保育園に早めに迎えに行かなければならない時、行くのはたいていママです。そして会社の同僚たちに皺寄《しわよ》せが行きます。誰かがママの仕事をカバーしなければならなくなるのです。これを、キャリアのために子どもを諦めて仕事に命を削ってきた女性たちがよく思うはずがありません。

でも、よく考えたら、子どもたちは社会の授かりもの。ママたちも、そして産まない選択をした女性たちも、誰一人嫌な思いをしなくて済む方法はないのか、よく考えます。やはり、もっと男性陣が子育てに積極的になること。そして社会全体の子育てへの理解と協力。これに尽きるのではないかと思うのです。

北欧では、赤ちゃんにミルクをやりながら会議に参加している女性（もしくは男性）の姿を見ます。公立の保育園、幼稚園に必ず通わせることができ、大学まで全ての教育が無料。社会全体が子育てをしている。こんな社会が理想的だと思います。

つい最近、日本で、男性が妊娠し出産するというドラマを観ました。そういえば、ずいぶん昔に、シュワルツェネッガー主演のそういう映画がありましたね。ただ、今回のドラマは、妊娠、出産した後の社会的な立場のありようの変化など、案外核心をついた部分もあったので、面白いテーマだなと思いました。

今までは、妊娠も中絶も育児休暇も幼稚園問題も、すべて女性だけの問題のように考えられてきましたが、これからは少し変わっていくでしょう。実際、私の日本の知人で、仕事をしつつ、家事や育児を嬉々としてやっている男性がいます。子どもを幼稚園にお迎えに行き、いっしょに買い物をして、夕食の用意をし、お風呂にも入れます。その頃にママが帰宅するのだそうです。こういう家庭が、これから増えるかもしれません。家族の在り方の選択肢が増えるのは、とてもいいと思うのです。

頭がカチカチになってしまった大人はさておき、物語は子どもたちが視野を広く持つきっかけになるかもしれません。こうして考えると、生物学的、社会的、家庭的な意味合いからの「性教育」というのは、とても大事だなと思います。

最近は、児童虐待をテーマにした児童書も出てきましたが、そろそろ性を扱う児童書が出てくるころでしょうか。

もうすぐ日本を離れるため、複雑な気分の佐藤まどかより

column

おふたりに質問！ 2

Q 「いま」、いちばん恋しい日本食はなんですか？

R 鯖の味噌煮定食。アメリカ人はなぜか、青背の魚をあまり食べません。鯖は皮を剥《は》いで缶詰にするか、もしくはそのまま家畜の飼料にされています。鯖は私の大好物。マンハッタンにある韓国料理店へ行った時だけ、塩鯖を焼いたものは食べられますけれど、鯖の味噌煮は日本へ行かない限り無理。ああ、恋しい。愛しの鯖さま。（小手鞠るい）

M （今帰国中なので、今夜食べたいもの）熱々の鍋焼きうどんです。子どもの頃、真冬に出前（今でいうデリバリー）を頼むときは、たいてい家の近所にあったうどん屋さんでした。私は毎回、味の濃い鍋焼きうどん。甘くてふわふわの伊達巻や大きな海老天の入った、熱々のやつ！エビのしっぽがはみ出ている蓋を開けるのが、楽しみでした。（佐藤まどか）

「違い」を楽しむ

佐藤まどか様

本日は息急き切って、まずこの話題から。

児童書で毒親を書こうとなさった佐藤さんに「親というのは、とにかく尊敬するべき存在じゃないんですか？」と問いかけた人がいたのですね。

それは確かに「百年の恋もいっぺんに冷める」発言であり、偏った考え方だなと私も思います。私はその人に声高に訊《き》きたい。「じゃあ、あなたは、我が子を虐待したり、育児放棄をしたり、食べ物を与えず餓死させたりしている親でも、とにかく尊敬しているんですね？」と。

この真逆の例として、つい最近、読者の方からいただいたお手紙に、こんなことが書かれていました。私の言葉で簡単にまとめますと「小手鞠さんのこの作品には、まったく親子愛が出てきませんね。そこがいいです。なぜなら世の中には、親の愛に恵まれていない子も大勢いて、そういう子でも、この作品なら安心して読めるからです」――この作品というのは、幼年童話『うさぎのお店やさんシリーズ』です。

実はこのように言われてみて、初めて気づいたんです。そういえば、うさぎの親子愛は出てこないなぁ、と。どの巻にも、愛情あふれる主人公のうさぎは出てくるものの、その親も出てこないし、その子も出てこない。これは自分でもなかなか天晴れだったと、自画自賛をした次第です。それほどまでに、日本の児童書には、親子愛、しかも両親そろっていい親、というのがあふれていますものね。実に胡散臭《うさんくさ》いです。

さて、佐藤さんのディスカッションに触発されて、私もつい最近、児童書の男性編集者と、非常に興味深い話し合いをしたばかりなので、きょうはそれについて書いてみます。

私はかねてより、日本の児童書業界における幼女、少女の描かれ方（絵も文章も）には一部、女性差別を増幅するような傾向があるのではないか、と、思い続けてきました。

たとえば、風もないのに女の子のスカートがひらひらしているアニメとか、細めの少女なのにやたらに乳房とお尻だけが強調されている漫画とか、児童文学においても、少女はあくまでも女の子らしく、可愛く、明るく、優しい「ミニ母性」を備えていることが多いですね。だからこそ、佐藤さんの描く女の子が私は大好きなのです。

また、日本では、幼女、少女、若い女性がやたらに賞賛され、男性の性的対象として商品化されています。つまり、若い女の子たちが男性の性的欲望を満たすための道具となっている。これはもちろん、日本に限ったことではなく、アメリカでも同様の傾向は皆無であるとは言えません。言えませんけれど、アメリカには、それを悪しきことであると認識し、なんとかして、少女たち、少年たちを守らなくてはならない、という強い自制力、自浄力が働いているのも事実です。

たとえばアメリカでは、法律によって、十四歳以下（歳は州によって異なります）の子どもは、ひとりで行動することはできません。親はそうさせてはならないのです。町を歩くにしても、買い物に行くにしても、親か保護者がいっしょじゃないといけない。スクールバスで家の近くまで戻ってきたとき、そこには必ず親か保護者が迎えに来ています。

仕事の関係で一時期、ニューヨーク州で暮らしていた、ある日本人女性がこの厳しい決まりを知らず、自宅に十四歳以下の子どもを置いたまま、近くのショッピングモールへ買い物に出かけて、隣の家の人から警察に「育児放棄である」と通報され、逮捕された、という、笑えないエピソードも残っています。

そこまで厳しくして子どもを守ろうとしている背景には、かつてのアメリカで性犯罪が多かった、今も多い、という事実や事情があるのでしょう。

だから日本に戻ったとき、子どもがひとりで通りを歩いていたり、塾帰りなのか、夜の電車に乗っていたりするのを見かけると「大丈夫なのかなぁ、ひとりで」と、私ははらはらしてしまいます。

そして、日本のポルノ産業に対して、目を覆いたくなるようなおぞましさを覚えます。前述の通り、日本では、少女や幼女が野放しで性のターゲットにされています。アメリカでは野放しはあり得ません。ニューヨーク州では、十四歳以下の女の子の裸の写真を持っていただけで、刑務所送りになりますし、性犯罪者は出所しても住める場所は限られていて、社会からはほぼ永久に抹殺されます。

以前、夫が日本の男性向けコミック誌で英訳の仕事をしていたことがあり、掲載誌がアメリカまで毎月、送られてきていたのですけれど、あるとき、その漫画の中に「男性が赤ずきんちゃんをレイプする」というストーリーがあったのです。

それを見たとき、夫の顔がまっさおになりました！

赤ずきんちゃんは明らかに幼女だったので、そういう漫画雑誌を所有している、ということが誰かに知られたら、夫は犯罪者になってしまうからです。夫の依頼を受けて私はすぐに日本の出版社に連絡をし、以後、コミック誌は送って下さらなくていいです、とお伝えしました。夫の話によると、日本では二〇一四年に幼女のポルノ写真は禁止されたものの、漫画と絵は芸術家の表現の自由である、ということで、禁止されなかったようです。

日本では、セックス産業に従事しているのは若い女性、しかも一般人が中心のようです。ごく普通の家庭で育った若い女の子がおこづかい欲しさに自分の若い肉体を売るのです。その手段の多いこと、多岐に亘《わた》っていること、これは本当におぞましい、としか言いようのない現状です。つい最近、それをテーマにした長編小説を読んだばかりです。

若い肉体がおじさんからお金をもらえる道具になっている、と、彼女たちは自覚している。その背景に、先にも書いたようなアニメ、コミック、一部の児童書が存在しているのではないか、と、私は邪推をしているわけです。つまり、ごく早い段階から、少女たちに「自分の体は売り物になる」と、無意識で思えるように教え込んでいるのではないか。

ちなみにアメリカでは、中年以上の女性がプロの売春婦としてこういう仕事に就いています。セックスワーカー、ということで、これを職業として認めようとする動きもあります。

と、まあ、こんなことを編集者と話し合っていたわけです。なんと、彼も常日頃から、こんなことを感じていたと言うではありませんか。

以下、彼のメールからの一部抜粋です。

——日本では、当たり前のように少女漫画があり、児童文庫があり、そこには恋愛がたくさん出てきます。少なくないものが恋愛をお話の中心にしています。ところが海外では、子どもが読むものとして「少女向け」「恋愛」「性愛」のマーケットは、ありません。子どもが読むのは『ハリー・ポッター』のようなファンタジー物が中心です。日本のマーケットがニーズをとらえて発達しているのか、はたまた、ある種のジェンダーを売り物とした資本主義的な異常な現象なのか、この日本文化の根底にあるもの、本質はなんだろうと、気になっていましたが、小手鞠さんの話を聞いて、目から鱗《うろこ》が落ちました。

この編集者は、幼いふたりの娘さんのいる父親でもあります。

私は彼に「娘さんたちを、社会の『悪の手』から守ってあげてください」と、申し上げました。

これは極論になりますけれど、日本文化の根底にあるものとは（もちろんあくまでもそのひとつ、ということです）——それは、男性の性欲を満たす装置として、若い女性たちの肉体が商品化されていることである、と、私は考えます。それを助長している、規制のゆるい出版文化。一部の児童書も、このからくりから、逃れられていないのではないか。

「日本の若い女の子たちを風俗産業から守らなくてはなりません！」と、鼻息も荒く書き送った私に、彼がこんな返事を寄越してきました。

――日本人女性が体を売り物にしやすい環境に置かれているのは、もしかしたら、そのほかの肉体労働に就くチャンスが限られているせいではないか。日本人女性の場合、工事現場での仕事とか、運転手とか、大工とかはまだまだ男の仕事とされていて、肉体労働の選択肢が限られているから、風俗産業へ流れていくのではないか。

ううむ、そう来たか！　と一瞬、身構えてしまいました。これはまさに、買う側の男の論理ではないだろうか、と思ってしまったのです。高学歴で、いろんな就職のチャンスがあったとしても、止むに止まれぬ理由で風俗業に就く女性はいるだろうし、たとえば、生きていくためには体を売るしかない、というところまで追い詰められた女性だっているでしょう。とはいえ、彼の言わんとしていることには確かに一理ある、とは思いました。

アメリカでは、各種肉体労働、大工や運転手、女性の軍人や警察官も多いですし、男女の雇用機会の平等がしっかりと確立されている、という印象を受けます。これからは、日本人女性にもどんどん、肉体労働の現場で活躍してもらいたいものです。肉体労働は、厳しくてつらくて3Kのひとつ、というイメージが強いけれど、実際はそればかりではなくて、クリエイティブな側面も多々あります。建設業だって、家具職人だって、庭師だって、物作りをしているわけですものね。

ここで、佐藤さんがかつて、ヘルメットをかぶって建設現場に立っていた姿を想像しながら、筆をおきます。

次回は、これまでにまだ本腰を入れて語り合えていなかったいじめ問題について、特に日本のいじめについて、佐藤さんのお話やご意見を聞かせていただけますか。

アメリカでは、暴力的ないじめの場合、子どもでも911を押して警察を呼べます。親や先生やカウンセラーに相談する子も多いですし、夫もそのひとりだったそうです。救済システムがしっかり確立されているので、日本みたいに、ひとりで悩んで自殺する子がいたり、陰湿ないじめが長く続いたり、ということは、ほぼあり得ないと言っていいのではないか、と、私は見ているのですけれど、日本では決してそうではないですよね。これは、なぜなんでしょうか。

また、イタリアではどうでしょうか。佐藤さんにいじめをすぱっと斬っていただきたいです。

小手鞠るい

column

交換書評 2

『雨の日が好きな人』

（講談社、2022年）

R　「一生反抗期！」全開の主人公の名前は七海。七海は小学生だけれど、この子は「大人だな」と思いながら読んだ。この作品は、世間では「子ども」と呼ばれている大人のために書かれている。この作品を私は、世間では「大人」と呼ばれている人たちに読ませたい。子どもというのは、本当に強くて、優しい存在だと思う。物語の建築士・佐藤まどかの創り上げげた、強くて優しい世界。そこにはいつだって、あたたかい希望の雨が降り注いでいる。（小手鞠るい）

『窓』

（小学館、2020年）

M　他人事には思えなくて、ひどく感情移入しながら読んだ。だって母娘の物語だから。主人公が窓香という名前だから。私も家族とはいろいろあったし、「マド」と呼ばれていた。どんなに美しい言葉をもらっても、幼い自分を捨てて夢を選んだ母を許せるだろうか？　でも、許す許さないは、相手のためではなく自分のため。子どもの頃にある人を許した私は、そう思う。憎み続けるのは苦しい。だから、この窓香にそっと拍手を送ります。（佐藤まどか）

小手鞠るい様

久しぶりに日本から戻ってきました。東京とちがって、ここは何もない所です。大型書店も、デパートも、コンビニさえもありません。そしてなによりも、愛娘や古い友人、編集者さんたちがいません。寂しいですが、ホッとすることもあります。連なる丘、森、広い空、星、羊。豊富な地元産の果物。羊のメエエや鈴の音、そして様々な鳥の鳴き声。ああ、あと夫もいましたっけ（笑）。

人恋しさと、いつもの場所に帰ってきたという安らぎを同時に感じ、熱々のカプチーノを飲みながらこのお手紙を書いています。

小手鞠さんの幼年童話『うさぎのお店やさんシリーズ』は、私も大好きです。そういえば、親子の愛情や押しつけがましい既成概念がありませんね。例えば、狼が出てきます。でも、なぜこの狼がうさぎたちを襲わないのかという「理由」は書かれず、狼は小動物たちと自然に仲良くなりました。「そういう狼がいたっていいじゃない」という小手鞠さんの声が聞こえてきたようでした。

確かに狼は肉食ですし、わが家の近所でも、狼は農家の羊や鶏を襲います。だからと言って、狼は悪者であるという方程式はまちがっています。狼だって生きていかねばならないのですから。言い訳が一切ないこの童話は、画期的だと思いました。

私たち大人は、先入観に囚われ、無意識のうちに子どもたちにもその考えを植え付けてしまっているのかもしれません。

さて、今回の本題「いじめ問題」について。いじめ問題と差別問題は、同時に話し合いたいことです。やはり「違う人を排除したい」気持ちが、差別やいじめの土台となっている気がします。

日本には八百万《やおよろず》の神という、一神教とは相反した民族宗教があるのですから、本来は異なる神や考えや人を受け入れる概念があると思うのです（ちなみに私は無宗教ですが、一神教の国に住んでいると、多神教がいかに平和であるか実感します）。

一体いつから異質な人を受け入れなくなったのだろうと、考えてみました。

集団でだれかを疎外する「村八分」は江戸時代からあるようです。村社会の中で掟《おきて》や秩序を破った者に対して課される制裁行為ですよね。「いじめ」はこれと非常に似ていますが、掟を破ったわけではなく、理由もなくいじめのターゲットになり得ます。しかも、村八分の場合は二分は残っていましたが（葬式や火事の時のことのようです）、現代のいじめは十分ですね。大勢がひとりを徹底していじめ、容赦ない。だから自死を選ぶ子が出てしまうわけです。

いじめが原因で自死（殺されたのと同じですが）した子のニュースを読むたびに、どうしてこうなる！　と叫びたくなります。

江戸時代の日本は、二百年以上も鎖国し戦争のない平和な島国でした。だからこそ、異質な人をなかなか受け入れない性質になったのかもしれません。

自分の子ども時代を思い出してみても、今の子どもたちを見ても、本質的にあまり変わっていません。ほんのちょっとまわりと違うだけで、いじめの対象になります。ただ、SNSの出現が、誹謗中傷、いじめをよりひどく残酷なものにしているのは明らかでしょう。

まるで成形された工業製品のように、皆が同じ容姿で同じ趣味で同じ考え方をしないといけないなんて、つまらない、最悪の世界だと思います。私たちはキロいくらで売られる商品ではありません。それぞれに個性を持つ人間です。ちなみに、日本の人参やキュウリの形や色が揃《そろ》いすぎているのも、気になります。自然のままの姿なら、ああはなりません。

もし他人の「違い」が気にならず、むしろ積極的に楽しめるようになったら、いじめも減るのではないかと考えます。そういう柔軟な精神を持つにはどうすれば良いのかというと、やはり、子ども時代が鍵になると思います。子どもは親やまわりの大人を見て育ちますから。

私の両親は、日本ではまだ離婚がめずらしい時代に別居し、離婚しました。そのことで肩身の狭い思いもしましたが、興味深いこともありました。母は実に自由な精神を持っていたので、ロシア人、アメリカ人、ユダヤ人、中国人などいろんな国の人を家に集めてホームパーティを度々していたのです。彼らの中には大学教授もいたし、英語の先生や、七か国語を操り世界を渡り歩く旅人もいました。日本語と英語が飛び交い、大人相手に社会問題などについてディスカッションさせられました。

そういう家で育ったせいか、人がそれぞれ個性を持っていることに違和感を持っていませんでした。

イタリアに移住して初めて、自分が黄色人種であることを自覚しました。また、「差別されること」がいかに悲しいかということを実感したのです。

ミラノでは、金髪の少年たちによく吊り目ポーズでからかわれました。当時アジア系の人が少なかったため、毎日じろじろ見られ、最初は透明人間になりたいと思っていたほどです。

しかしやがて、胸を張って歩くことを習得しました。黄色人種であることで、卑下するべきことは何一つありません。じろじろ見るほうが失礼なのです。

旅先のパリのカフェでは、がらがらに空いているのに、出入り口とトイレに近い寒々とした席に案内されました。交渉しても相手にされなかったので、「Au revoir！（さようなら）」と言い残して、小さな娘の手を引いて出ました。

以前だったら、めんどうだから黙って受け入れていたかもしれませんが、差別されても黙っていることはできなくなっていたのです。娘にも、交渉する人、甘んじない人になって欲しかったからかもしれません。今はすぐネットの口コミ欄に書かれるから、ここまでの差別はしないと思いますけれどね！

表向きは世界中で人種差別が減ってきましたが、内心差別している人はまだまだ多いのが現状でしょう。コロナ禍の米国や英国でアジア系の人が憎まれ暴行されたニュースを見て、腹を立てました。しかし相手が大男や複数だったら、どうすればいいのでしょう？　悔しくても、逃げる以外、方法はありません。「道徳的に良くないし罪になるので差別をしない」ではなく、「差別は嫌い」「差別って何？」という時代が来ることを祈ります。いえ、祈っていても何も変わりませんね。行動しないといけません。

そして差別がなくならない限り、いじめもまたなくならないと思うのです。差別もいじめも、ほぼ同じことです。

教育が優れているとされている北欧でもいじめはあるそうですが、いじめる子のほうを問題視して、カウンセリングをするそうです。いじめる側が「病んでいる」と判断されるのです。腑に落ちるやり方ですね。

いじめっ子が一人や二人なら、ここまでの社会問題にはならないはずです。一対クラス全員という集団によるいじめが最悪なのです。

いじめられて苦しんでいる子がいても、その子が自死したとしても、なんとも思わない。むしろ自死するように煽る。これはもう、人ではなく鬼の心でしょう。

東京の電車の中では、優先席付近でも席を譲ってもらえない高齢者や妊婦さんを何度も見かけました。誰だって疲れているときもあるでしょうが、立ち上がる体力のある人がひとりもいないはずがありません。そもそも「優先席」というのを設けないと誰も席を譲らない社会そのものに、疑問を持ちます。

ところが、そんな東京でも、席を譲る優しい中高生たちを数回見かけました。次の駅で降りるふりをして、隣の車両に乗った子もいました。譲るだけでなく、相手に気を遣わせない（本人も照れくさいのでしょう）なんて、本当に天使ですよね。冷たい社会を見て育っても優しい心を保持できるのは、奇跡です。

ダメなのは子どもではなく、大人なのではないでしょうか。

いじめが起きるのは、差別やハラスメントだらけの大人社会を見て、悪いところを学んでしまっているからではないでしょうか。

イタリアでは席を譲るのがあたりまえです。いじめや差別がないとは言いませんが、基本的に弱者に優しい社会です。妊婦だった時、大病した時、身をもって実感しました。また移民難民が多く、インクルーシヴ教育をしていることからも、違う人や文化を許容することに慣れているのだと思います。

私が知っている日本人は、誰かがカフェや駅で忘れ物をしても届けてくれる、親切で正直な人々です。欧州ではあり得ないほど親切な場面を、日本で何度も目撃しました。

子どもたちには、人々の良い面を見て育ってほしいと願います。またわれわれ大人は、子どもたちに見せて恥ずかしくない行動をしたいものです。

どうやったら子どもたちを守ることができるのか。また、人を守る人に育ってくれるか。それぞれの立場で、できることを真剣に実行するべきだと思います。

書き手として私には何ができるか、よく考えます。

一冊の本が社会を直接変えることはできなくても、読者の意識を変えるきっかけにはなるかもしれません。
小手鞠さんは、いかがお考えですか？

粉雪で真っ白になった丘の佐藤まどかより

第3章

窓を開けるとき

未来を考える

佐藤まどか様

私が言うのも変ですけれど、日本からイタリアへ、お帰りなさい！

星と羊の丘へ戻って、新鮮で不揃《ふぞろ》いな野菜に舌鼓を打っている佐藤さんを思い浮かべながら、私はと言えば、酷寒のニューヨークからひとっ飛びして、南米大陸にあるコロンビアで長期バカンス中です。

今は、カリブ海のほとりで、風に揺れる椰子《やし》の木が奏でる雨音みたいな音楽と、寄せては返す力強い波の音に包まれて、このお返事を書いています。

人種差別といじめは同じひとつの問題、そして、子どものいじめは大人の問題、という佐藤さんのご意見に、百パーセント、同感です。

前にも書いたように、アメリカにももちろん、いじめは「ある」と思います。しかし同時に、いじめられた子がひとりで悩まないで、なんらかのアクションを起こせるような制度が「ある」のも事実です。暴力を伴ういじめの場合、少年や少女でも犯罪者として裁かれる州がアメリカにはあります。

自殺したい、とまで思い詰める前に、アメリカの子どもたちは、親、先生、カウンセラー、時には警察に相談することができます。日本にもせめて、そういう制度ができたらいいなぁと私は思っています。「すみませんでした。もう二度とこういうことが起こらないように努力します」という学校関係者の空しい言葉は聞き飽きました。

最近のアメリカでは、学校でも、社会でも、人種差別の根絶を目指すための、さまざまな努力が以前にも増して活発になってきています。たとえば、他人の人種について尋ねるのは良くない、相手が自分から話せばそれでいい、でもこちらから尋ねてはいけない、と、大人たちは徹底するようになりましたし、学校でも子どもたちにそう教えているようです。アジア人の顔をした私に対して「あなたの出身国はどこですか」と、尋ねるだけで人種差別に当たる、という徹底ぶりです。

また、十月初旬の「コロンバスデイ」という祝日、これはコロンブスがアメリカ大陸を発見した日、ということで、休日になっているのですけれど、コロンブスが発見し、その後、白人たちが侵略するわけなので、その前からアメリカに住んでいた先住民たちのことを思えば、祝日であるはずがない、よって、この祝日は廃止しよう、という動きも出てきています。

今のアメリカで、白人だけが登場する児童書を書いたとしたら、その作品が出版されることはまずありません。お母さんが専業主婦で、お父さんが会社員、という設定も駄目でしょうね。

ずっと前に、私がある児童書の作品に登場させた「おばあさん」のイラストが上がってきたとき、呆然《ぼうぜん》としたことがあります。そこには、しわしわでよぼよぼで、くすんだファッションの、腰の曲がっている女性が描かれていたのです。

「主人公は小学生なので、おばあさんはせいぜい六十代か七十代です。こんな絵、あり得ません！」

と、私は編集者に意見を申し上げて、イラストレーターに描き直しをお願いしました。二度目に上がってきた絵も納得できるものではありませんでした。おばあさん＝よぼよぼのお年寄り、という固定観念が頭にこびり付いているのでしょう。そこで、私はこのような提案をしてみました。

「私（小手鞠るい）の写真を見て、描いていただいて下さい。社会でばりばり活躍している素敵なおばあさんを。ファッションはジーンズとスニーカー。颯爽《さっそう》と、かっこよく！」

この方法は成功しました。それ以降、作中に六十代以上の女性を登場させるときには、あらかじめ、このように編集者に伝えておくようにしています。佐藤さんも、いかがですか？

思春期の子どもたちの心、純粋でまっすぐな反面、折れやすく、傷つきやすく、また、無色だからどんな色にも染まってしまいそうな魂の持ち主に向けて、作品を書いているわけですから、できるだけ、悪しき日本の慣習や差別意識に染まらないように、そして、女の子には、男性優位の日本社会というガラスの天井を突き破って欲しいと願って、先の老女の絵にもこだわりました。

女性は齢《とし》を取ったら終わりだ、と、絵でも文章でも示唆しているような作品を、今、書いたり出したりすることは、時代錯誤なのではないかと、私は考えています。認知症や寝たきりの老人ばかりを描くのではなくて、社会の第一線で活躍している、かっこいい老女の話をどんどん書きたい！　と思うのは私だけでしょうか。六十代、七十代は若い。アメリカではこれが現実なのです。きっとイタリアもそうですよね？

私は、日本の若い女の子たちに、齢を取ることを恐れないで、逆に、大いなる希望を抱いて生きていって欲しいと切に願っています。

つい最近『ごはん食べにおいでよ』という作品を上梓《じょうし》しました。この作品に登場する雪くんという男の子のモデルは、実は最近のアメリカの男の子です。ある意味では私の夫でもあるのですけれど。

父子家庭で育った雪くんは、料理と読書が大好きで、菜食主義者で、環境問題や動物保護について熱心に考え、日々、自分にできることを実践しています。同性愛を自然な形で受け入れています。今のアメリカでは、どこにでもいるような若者です。日本ではまだまだ珍しいかもしれませんね。でも、いずれ日本にも、こんな男の子が増えてくるのではないか、増えて欲しいなぁと期待しています。一通前の佐藤さんのお手紙にも書かれていましたね。日本でも、若い男性の中には出産・育児休暇を取って、積極的に子育てをしている人も出てきたようです、と。

　きっと、少しずつではあるけれど、日本の男性優位社会、男の下半身にゆる過ぎる日本社会も、変わりつつあるのでしょう。そうしてそれは、若い世代の男女から起こっている地殻変動なのではないでしょうか。もしもそうであるならば、私はそういう男の子、女の子を心から応援していきたい。


　これまでさんざん、セクハラ、パワハラ、痴漢、性的虐待、家庭内暴力、根強い差別と偏見などなど、日本社会の悪いところばかりを取り上げて、鼻息も荒く批判してきましたけれど、アメリカで暮らしていると、日本社会の良い点も、日本にいた頃よりもしっかりと、見えてくるようになりました。

　アメリカのような大胆さはないにしても、日本の自然は繊細でとても美しいと思うし、日本語は世界に誇れる、美しくて詩的な言語だと思うし、日本の若者たちの中には、他人への気づかいや思いやりに満ちた、稀有《けう》なほど優しい子たちがたくさんいると思っています。

そんな子たちの見ている思春期の夢が将来、より良い形になって実を結びますように、と願って、これからも作品を書いていきたいと思います。なんだか、ひとりで勝手に決意表明をしてしまいました。私は、日本の将来を担う若者たちに向けて書いている、児童文学作家の果たすべき責任は非常に重いのではないかと考えています。

佐藤さんの作品を読んでいると、そこには、必ずと言っていいほど「思春期をどう生きるか」というテーマが描かれています。しかも、抽象的な概念として、ではなくて、何らかの実践的なヒントが得られるように書かれています。外国での子育ての実体験を通して、また、イタリアと日本の二国をバックグラウンドに持ちながら思春期を生きる娘さんの母親としての、揺るぎない視点を感じます。そこに私は惚《ほ》れ込んでいるのです。

よかったら次回は、最近のイタリアの若い人たちについて、そして、日本滞在中、佐藤さんの目に映った日本の若い人たちについて、ぜひ語って下さい。

そろそろ夜が明けてきました。

これからパパイヤの皮をむいて刻んで、ライムをしぼって、カリブ海を見下ろせる貸別荘のテラスで、朝ごはんを食べることにします。波打ち際では、白鷺《しらさぎ》たちが朝食の魚を捕まえようとして、虎視眈々《たんたん》と海面を見つめています。海も森も、大自然は無条件で素晴らしいですね。国境も差別もいじめもありません。人間界からは到底、導き出すことのできない真理が、言葉にならない形で常に、自然の中には存在しているようです。

小手鞠るい

column 交換書評 3

『ノクツドウライオウ
—靴ノ往来堂』

（あすなろ書房、2023年）

R 暗号みたいなこのタイトル、最初はイタリア語かなと思っていたけれど、冒頭でこの謎が解けたときには「わあっ、楽しそう」と胸が期待でいっぱいに。その期待を裏切ることのない、本当に愉快で楽しい物語。有名な大学に入って、有名な会社に入るだけが人生の成功ではないってことを雄弁に語ってくれる一冊。物を創ることの苦労や喜びをあますところなく描いた本書は、職人作家・佐藤さんならではの観察眼と筆致で、子どもたちの未来の窓を開いてくれること、間違いなし！（小手鞠るい）

『情事と事情』

（幻冬舎、2022年）

M さまざまな事情を抱えた大人たちが織りなす（時にどろどろし、時に無情な）情事。清くも正しくもない、これぞ人間！　でも、小手鞠さんの手にかかると、情事にも品があるから不思議だ。登場人物たちの「事情」が魅力的で、全員に感情移入してしまうけれど、特にあの人（笑）。まるで映画のように、シーンが次々に目に浮かんだ。読み終えるのが惜しいほど、至福の読書時間を楽しみました！（佐藤まどか）

column

おふたりに質問! 3

Q 多様性が問われる昨今、反対に「ポリコレ」という言葉も耳にしますが、表現上の制限を感じることはありますか?

M もし本当に善意の配慮なら「ポリコレ」ではなくて、モラル的に正しい「モラコレ(造語)」とでも言うでしょうから、あくまでも政治的・社会的な妥当性ですよね。差別をなくす目的は素晴らしいけれど、「ポリコレ」だからではなく、心から来た配慮であって欲しいと思います。あと、過ぎたるは及ばざるが如し。行き過ぎたポリコレのせいで、逆にマイノリティの友人たちを暮らしにくくしてしまっている事もあるらしいです。表現上でも複雑な問題ですね。(佐藤まどか)

R 表現上の制約を感じることは、ありません。逆に、障害のある子がひとりも出てこない作品、やくざ映画や戦争映画を好む女性が出てこないような作品は、とっても不自然だと私は思っています。私自身は、ピンクや可愛い小物やレースやお花が大好きなので、そういった好みを持つ少女も自然に出しています。でも、料理や編み物の苦手な女の人も出てきます。これは、たとえばの話ですけど「女は若くて美人に限る」などと平気で書いている、時代錯誤な作家の作品なんて、読む気がしない！（小手鞠るい）

小手鞠るい様

コロンビアの旅はいかがでしたか？
颯爽《さっそう》とかっこよくカリブのビーチを歩いていらしたことでしょうね！

「アメリカで暮らしていると、日本社会の良い点も、日本にいた頃よりもしっかりと、見えてくるようになりました」というご意見、同感です。客観的かつ相対的に見ることができますよね。個人的に良いと思う点を挙げてみます（外食が安くて美味しいのは周知の事実なので省きます）。

日本社会の長所その１「治安の良さ」
東京は、大都市としてはかなり安全です。以前、子どもの一人歩きの危険性についてディスカッションしましたが、それでも欧米に比べると今のところ治安は圧倒的に良いでしょう。幸いイタリアにも日本同様に銃規制があるので、スクールシューティングや路上発砲事件は起きませんが、大都市ではスリやひったくりがあります。欧州の大都市は、大体どこも同じようなものです。最近、日本では詐欺が急増しているようですが、路上のスリやひったくりはまだ少ないと思います。これからも治安の良さが続くよう祈ります。

日本社会の長所その2「時間に正確」

郵便配達が以前より遅くなったそうですが、急ぐ場合は速達料を払うというのは、イタリアでも同じです。そもそも日本の郵便料金は、イタリアに比べると格安です。あの料金であのスピード。それから、宅配便の配達時間の正確さや新幹線の遅滞の少なさにも驚きます。欧州ではあれほど時間に正確な電車を見たことありません。

日本社会の長所その３「マナー（特にゴミ捨て）の良さ」

欧州では、スポーツ観戦客のマナーが悪く、ゴミが散らかり放題です。日本のみなさんはゴミを持ち帰るか、分別ゴミ箱に捨てます。どこに行っても綺麗《きれい》です。素晴らしい！　ただ昨日、コロナ禍以後はマナーが悪くなってきたという記事を読みました。ぜひ、マナー大国の名を保持して欲しいです。

日本社会の長所その４「実力主義」

イタリアはコネ社会です。自ら社交で得るビジネスコネクションではなく、血縁による縁故です。そのせいで多くの若者が絶望し、能力のある人ほど国外に移住してしまいます。科学や医学分野においても、海外で活躍してニュースになる人が実に多く、本国では「また頭脳の流出」と騒ぎ立てます。

頭脳の流出は、残念ながら日本でも起きているようです。日本の場合は、待遇の差が理由だそうです。優秀なエンジニアやアニメーターなどが、桁違いのギャラをオファーされ、海外に出ていくのです。国の未来にとって大きな損失です。

昔よりは多少良くなってきたとはいえ、イタリアはまだコネ社会です。この点、私は日本を高く評価します。日本でも一部ではコネが重要になるようですが、一般レベルでは、イタリアよりはるかに実力主義だと思います。諸事情はあるとしても、一応スキルを持っていれば誰でもチャンスを摑めるはずです。


ただし、経済的理由で専門のスキルを身につけられず不利になる人がいるのは、とても不公平です。また、日本の子どもの七人に一人が、満足に食事を食べられない貧困状態にあると知りました。とくに母子家庭の貧困率は五割を超え、そのうちの十三パーセントが「ディープ・プア」世帯だというのです。こういった問題は日本で大至急改革して欲しいことの一つです。

この点においては、貧困家庭の子どもへの経済援助がしっかりしているイタリアは良いのですが、せっかく国が援助しても卒業後に優秀な頭脳が流出してしまうのでは、意味がありません。

さて、イタリアの若年層は日本と違って……と書きたいところですが、流行している遊びも、問題も、若者の意識も、似ています。決定的に違うと感じるのは、イタリアの中高生の政治・社会問題への関心度がもっと高い、ということぐらいかと思います。

こちらでも「ヒキコモリ」という日本語が使われるほど有名ですが、コロナ禍以降、引きこもりの若者が急増しているそうです。

それだけではなく、摂食障害、アルコールやドラッグの中毒、鬱《うつ》など、若年層のさまざまな問題が浮き彫りになっています。生まれつきこういった問題を抱えて生まれてくる子はいないわけですから、家庭や学校を含めた社会に原因があるのでしょう。

イタリアでは、一昔前に契約社員制度が可能となってからは、逆に正社員になるのが困難になりました。イタリアの場合、契約社員だと住宅ローンが組めません。大卒の場合、修士取得が一般的であり、順調にいっても卒業するのが二十五歳ぐらいです。運よく就職できても、給料が低すぎて賃貸（大都市だと東京より高いです）契約さえ難しいのです。三十歳を過ぎても実家暮らしというケースは、それほどめずらしくありません。

イタリアに限らず、家賃が高いロンドンでは、四十代でもシェアハウスに住むしかない人がたくさんいます。

こういった住宅事情も若者が意気消沈する理由のひとつでしょう。

ただし、イタリアで職人の後継ぎがいないのも事実です。この分野はコネがなくても仕事があるし、大卒で事務職をやるよりもずっと高収入の仕事もあるにもかかわらず、どの工房も後継者不足を嘆いています。

なんだか矛盾していますよね？

職業や夢の話は、私がよく書くテーマでもあります。難しいのは、親がどこまで関与するかです。自分の夢を押し付けるなんて、もってのほかです。

私の母は完全放任主義でしたから、なんでも自分で調べ、よく考え、学校や奨学金の資料を集め、お金を貯め、留学を決めました。

子どもに必要なのは、考える力をつけることだと思います。自分に向いていることや好きなこと、将来性などを、小さなころから考え、必要な情報を入手し、方向性を少しずつ絞っていくのです。

全員が全員、事務職に就く必要はなく、勉強が苦手な子でも、他に何か得意なこと、好きなことがあるはずです。そしてその道は、非常に将来性があるのかもしれませんし、逆かもしれません。例えば、将来消えゆく職業を目指しても、リスクが大きいでしょう。

時代は変わり、今や大企業や大手銀行でも安定しているとは言えません。日本の士業の友人たち曰く、医師や歯科医師、弁護士が余っている時代だそうです。

不安定な時代には、安定性を求める若者が増えます。
安定した公務員になりたがる若い人が多いのは、イタリアも日本も同じようです。イタリアの国家試験や公務員試験には、希望者が殺到します。倍率が三万倍、などということもあります。

ところが、こういう例もあります。
日本の友人の息子さんは、いわゆる官庁のキャリア組だったのに、さっさと辞めて「スタートアップ」をやっているそうです。友人は嘆いていましたが、息子さんはきっと、これは自分の人生ではないと気がついたのでしょう。自死を選ぶ若者がどれだけ多いかを考えると、方向転換をする気力と能力があったのは幸いです。

また昨年、イタリアの友人の息子さんが裁縫師になりたいと、彼の先輩に相談しました。お姉さん二人は大学院を卒業し、親は医師という環境で育ったので、家族にはなかなか言い出せなかったのかもしれません。

先輩は彼を勇気づけたそうです。子どもの頃から人形の服が大好きで、手先の器用な少年だったのですから。最終的には、親も彼の選択を認めてくれて、無事にその道を目指しているそうです。それを聞いて私も嬉しくなりました。

何が起きるかわからない、予想不能な社会です。

頼りになるのは自分の判断力。若い人には、まわりに振りまわされず、世界の情報を入手し、分析し、よく考え、判断できる人になって欲しいと思います。

小手鞠さん式に「勘」で動くという方法もありますが、結局は自分が培ってきた経験や考えがベースになるのでしょう。培ってきたものがエネルギー源ならば、直感こそが走り出すためのスターター（電気自動車ならコンタクター）になるという感じでしょうか。

当然リスクはありますし、勘で動いた後は猛烈な努力が必要でしょうが、人生、冒険すべき時はありますよね。

そういえば、今は分析と判断なんてもっともらしいことを言う私ですが、その昔はただ夢を追いかけて、誰も知らない国へ移住したのでした（笑）！

さきほど窓の外に大きな猪《いのしし》が数匹（頭）走っていた丘の佐藤まどかより

column

おふたりに質問！ 4

Q おふたりが思う、それぞれの国の大学教育の「ここがポイント！」というところを教えてください。

R 日本の大学入試は、言ってしまえば、知識をどれだけ多く頭に詰め込んでいるか、数字で学力を評価する偏差値が重要視されているように、私の目には映っています。アメリカでは総じて、志望動機、何をどう学びたいのかという意志が重要視されているようです。それを表現するための作文（＝エッセイ）力が非常に重要です。大学では経済学を学んだけれど、卒業してから数年後に、今度は大学院で文学を学ぶ人もいる、というような柔軟性もあります。以前、日本人の女子学生がアメリカの大学に、願書に添えて提出したエッセイを見せてもらったことがあります。そこには「高校時代、水泳部のキャプテンだった」というようなことまでが自己アピールの材料として書き込まれていたのが印象的でした。志望学部は文学部だったのですけれど。（小手鞠るい）

M

残念ながらイタリアでも、受験時に学科を選ばないといけません。医学や工学、建築などの理系の学部と私大以外は、入試がありません。そのせいか、知人の息子さんは、3回も学部を変えて入学し直したので、卒業までかなり時間がかかりました。イタリアの大学の良さは、卒業するのが大変なので皆勤勉なことや、欧州内で交換留学が盛んだったり、医師免許などがEU内で通用する流動性でしょうか。イタリアの高校は例外を除き5年制で、上級生になると大学の希望学科の講義を聞きに行く機会がありますが、人生を左右するほどの決定をするのに、それでは足りませんね。(佐藤まどか)

子どもたちの「将来」に大人が果たす役目って？

猪《いのしし》が出てくる丘の佐藤まどか様

私は動物が大好きなので、猪登場！　に興奮してしまって、動物の話だけで丸ごと一通、おたよりしたくなる気持ちを抑えながら、このお返事を書いています。イタリアの若い人たち、政治や社会問題に対する関心度が高いんですね、やっぱり。アメリカでも同じです。これは本当に、頭が下がるくらい高くて、ときには社会を動かし、政治を動かしたりするほどのパワーが、アメリカの若者たちにはあります。かつて、ウッドストックに若者が集結し、ヴェトナム戦争の終結に、ひと役買ったように。

残念ながら、日本の若者たちは、そうではないようですね。

あれは二〇一四年のこと。岡山大学で夏季講座を受け持っていたとき、集団的自衛権の行使を可能にする、という法案が国会で可決・成立したのです。その当日、岡大では、なんらかの抗議行動があって当然だろうなと思って出勤したところ、キャンパスにはいつもとまったく同じ、ぽわ〜んとした、生ぬるい空気が漂っているだけでした。

教壇に立つと開口一番、

「きみたち！　危機感を覚えないの！　これからは、アメリカが戦争をすると言ったら、日本もいっしょにしないといけなくなる、つまり、きみたちが戦争へ行かなくてはならなくなるんだよ！　抗議デモか、ちらし配りか、座り込みでもしなさいよ！」

鼻息も荒く、私は言ったのですけれど、反応はまったくなし。みんな、ぽか〜

んと口をあけて「こいつ、何を言ってるんだろう」みたいな表情をしていました。

ああ、最近の日本の学生は羊なんだな、と思いました。無論、これは日本人の良い点、美徳とも言えますね。空気を読み、まわりに合わせ、気をつかい、和を重んじる国民性。ですが、ときには狼にならなくてはなりません。特に若い人たちは、もっと怒り、もっと声を上げてもいいのではないでしょうか。グレタ・トゥーンベリさんのように。


裁縫師になりたい息子さんと親御さんのお話。

素敵なエピソードですね。

ただ、イタリアがコネ社会である、というのはちょっとびっくり。逆かと思っていました。もちろん、ご存じの通り、アメリカは、ばりばりの実力主義社会です。実力だけでどんどん、のし上がっていけます。出る杭は打たれないのがアメリカ。コネが功を奏することもあるでしょうけれど、最終的には実力だけ。グーグル社、アップル社、ツイッター社、アマゾン社のトップなども、なんのコネもなかったはずです。大学を中退した人もいましたね。これがいわゆるアメリカン・ドリーム。

アメリカでは、大学を卒業した直後に、就職活動をして、ある会社に就職し、一生そこで働こうなんて思っている人は稀です。会社への忠誠心も皆無。そこが日本の学生との根本的な違い。アメリカで公務員になりたいと思う人は、安定した仕事が欲しい、というよりは、余暇とリタイヤ後に思い切り好きなことをしたい、ということが重要なんだろうと思います。

会社よりは、家族。仕事よりは、余暇と趣味。これが一般的なアメリカ人の考え方です。会社なんて、嫌になったら転職すればいい。終身雇用、とんでもない。会社ごときに人生を左右されてたまるか。夫もまったく同じ考え方の持ち主。典型的なアメリカ人です。

かつての移民たちも、きっとそういう社会にあこがれて出てきたのでしょうね。

イタリアのコネ社会を逃れてアメリカに移住し、成功しているイタリア系アメリカ人もたくさんいるはずです。ゴッドファーザーみたいに？

そういえば、マンハッタンでタクシーに乗ったとき、運転手さんがアフリカの、ある小国から出てきたという移民だったのです。彼がこう語ってくれました。

「なぜ、アメリカにやってきたかって？　この国には、オポチュニティがあるからだよ。移民でもがんばれば家が買えるし、孤児でも大統領にだってなれるんだから」

真実を衝《つ》いているなと思いました。事実、アジアからの移民である私も、国籍は日本のまま、であるにもかかわらず、現在はアメリカからメディケア（健康保険）と国民年金までもらっています。

と、ここまで書いてきて、私は「ただ夢を追いかけて、誰も知らない国へ移住した」佐藤さんを、思い浮かべずにはいられません。

佐藤さんにはガッツがあります！

私の渡米は、夫といっしょに、でしたし、すでに三十六歳になっていましたからね。夫と知り合う前の、二十八歳までの私は、外国にも留学にもほとんど関心がなく、ひとりで外国へ行って、そこに住んで働く、なんて、想像の域を超えていました。佐藤さんの飛翔にはきっと、完全放任主義でいらした、お母さんの影響があったのでしょうね。

さて、ここからは「子どもの将来の夢に、親はどのくらい関わっていけばいいのか」という話題に移ります。

つい最近、イベントで知り合った複数の親御さんから「小六の娘が将来は作家になりたいと言っています。何かアドバイスを」「中学生の息子が環境問題に関係した仕事がしたいと言っています。アメリカにはどんな仕事がありますか」などと、相談を受けました。また、ある編集者から聞いた話によれば、昨今の日本では「自分の子どもに苦労をさせたくない。将来、失敗がないようにサポートしたい」という親御さんがとみに増えているようで「赤ちゃん向けの英語学習コースや英才通信教育、受けさせないと、かわいそう」とまで思っている方も少なくないのだとか。我が子の失敗を恐れ、手堅く行かせようとする親が多い。当然のことながら、子どももそう思うようになっていくでしょうね。

先のふたりの親御さんには、私なりに具体的なアドバイスを差し上げました。正直なところ「そんな相談は、親が私にすることではないだろう」というのが私の本音です。作家になりたい子、環境問題に関わる仕事がしたい子。どちらの夢も、私は本気で応援したい。けれども、その相談を親御さんが私にしてくる、というのは、いかがなものでしょう。私が親だったら「あなたが直接、小手鞠さんに手紙を書いて、相談してみなさい」と言うでしょうね。

いい意味でも、そうではない意味でも、優しい親御さんが増えているのだな、と思います。身近な例を挙げると、私の弟の妻が、弟夫婦の娘（私の姪っ子）の犯したミスを、つまり、母親が娘の過ちを謝罪してきたことがありました。そのときも、私は彼女に苦言を呈しました。「本人から直接、私に謝るように言いなさい」と。子どもに優しい、ということと、子どもを甘やかす、ということは別物だと思うのです。

私の両親は、幸いなことに、子どもには非常に厳しい親でした。甘やかされた、という記憶がまったくありません。子どもの夢を応援する、どころか、夢を否定するような現実主義者の親でした。

中学生だったとき、学校で一番の成績を取ったときにも「こんなのは偶然に過ぎない」と言われたし、大学生のときには、仕送りはほとんどしてもらえなくて「生活費は自分で稼げ」と言われていたので、アルバイトに明け暮れていたし、大人になってからも「小説家なんて、夢のまた夢。そんなものを目指すなんて馬鹿げている。公務員になって市役所で働くか、学校の教師になれ」と、言われ続けてきました。

嘘《うそ》みたいな本当の話ですけれど、小説家として親から認められたのは五十代になってから。それまではアメリカから帰省するたびに「おまえの人気など、たかが知れている。図に乗っていると、そのうち地に堕ちる」などと言われて、泣かされていました。

こんな冷酷無慈悲な親だったので、五十代になるまでは、私は猛烈に反発し続けてきました。

そう、佐藤さんにも負けない「反抗期」を送ってきました！

このあたりのことは『お母ちゃんの鬼退治』にあますところなく書きましたので、ここには親の悪口は書かないことにします。実は今の私は、両親に対して感謝の気持ちでいっぱいなのです。「幸いなことに、子どもには非常に厳しい」と書いたのは、それが本当に私にとっては大きな幸いだった、と、今の私には、身に染みてわかっているからです。

もしも私が子どもの頃から親に甘やかされ「作家になりたい？　うんうん、なれるよ。応援するからね。全面的に応援するよ。知り合いに作家の先生がいるから、どうすればなれるのか、尋ねてあげるね」なんて言われていたら、私は作家になど、なれていないだろうと思います。そんなものにはなれない、と、頭ごなしに否定されたからこそ、私は「絶対になってやる！」と闘志を燃やして、実際に努力を重ね、こうして、佐藤さんと文通ができる状態にまで、なることができたわけです。

親が作家である、出版社に親戚がいる、というようなコネもなく、若くして賞を取った、というような才能もなく、ただただ「負けない！」という根性だけがあった私です。

どんな仕事においても、成功するためには、根性が必要ですよね。もちろん、書くことが好き、小説が好き、という「好き」がまず大事ですね。そして、好きなことを仕事にしていくためには、努力と根性、これしかない、と私は考えています。そのことを、両親は早い段階で私に叩き込んでくれたのだと思います。本人たちに、そういう意図と自覚は、なかったのかもしれませんけれど。

もうひとつ、私が両親に感謝していることがあります。

それは、中学生だったとき、冬休みの年末年始だけ、学校には内緒で、近所の美容室でアルバイトをさせてくれたこと。私は十三歳だったか、十四歳だったか、そういう若いときに、生まれて初めて、働いて、自分の力でお金を稼ぐという経験をすることができました。させてくれたのは親です。

この経験によって、私は、仕事とは、素晴らしいものだということを体で実感し、理解したのだと思います。

以来、いろんな仕事を経験しました。大学時代には家庭教師、喫茶店のウェイトレス、資料館で図書の整理、模擬テストの添削の内職など。大学卒業後は出版社二社でそれぞれ編集と営業事務、学習塾、書店などで働き、雑誌のフリーライターを経て、渡米。そこから、小説家への道を歩き始めます。

さまざまな仕事を経験してきたからこそ、さまざまな作品を書くことができるようになりました。

経験は、作家の財産です。苦労も、辛酸も、ネガティブな感情も、すべてが財産です。絶望を知らなかったら、希望の物語は書けません。

作家になるための勉強とは、学校でするものではなく、社会が作家の学校。いったん社会に出たら、子は親から独立して生きていかなくてはならない。逆の言い方をすれば、いったん子どもを社会に送り出したら、親はきっぱりと、子離れをしなくてはならない。

と、まあ、こんな経緯と思考回路があって、小説家志望の岡大の若者たちに、私はこのように話しています。

「作家になりたければ、寄り道をすること。回り道をすること。ストレートな一本道は、成功にはつながらない。できるだけ、遠回りをして行きなさい。それが作家になる近道だよ。親には、応援してもらわなくていい。親の夢を、あなたが実現する必要もない。自分の夢は、自分で実現するしかないんだよ」

猫の親以外、親にはなったこともないくせに、生意気なことを書いてしまいました。

次回はぜひ、現に、娘さんのお母さんである佐藤さんのお話をお聞かせ下さいね。わが子の将来設計について、いつごろまで、どんなサポートを、どれくらいすればいいのか。いっそ、しないでいるのがいいのか、うちの親みたいに。

そのような具体的な指針や、経験に裏打ちされたアドバイスを、読者の方々は求めているはずです。

地球温暖化による気候変動により、めっきり雪が降らなくなった森で、
北極の白熊と南極のペンギンのことを心配している
小手鞠るい

小手鞠るい様

ウッドストックの森も、そろそろ花が咲き始めた頃でしょうね。

今回も、小手鞠さんのお手紙に頷《うなず》きっぱなしでした。とくに、経験が作家の財産だというのはまさしくその通りで、今や失敗や不運も「これは取材だ」と思えるほどです。

娘の友達の山岳地帯の家まで娘を迎えに行った夜もそうでした。うっかり道を間違えて、携帯電話やナビの電波が届かない所に入り込んでしまいました。雨足が強まり、周囲は真っ暗、心は真っ青。土砂崩れで道幅がせまくなっていてUターンもできず、車ごと崖から落下寸前。真夜中になんとか目的地に辿り着いたものの、心臓バクバクでした。今だから笑えますが、山道や旅先でのトラブルだけで一冊の本を書けそうです。いや、いつか書きます（笑）。

背骨（仙骨）を複雑骨折した時は、二か月以上動けなかったのですが、「これで骨折した人や動けない状態の人の心理が分かる」と思い、メモしまくりました。悪性肉腫で手術を繰り返し、死を覚悟した時は絶望しましたが、そこは物書きの端くれ。病床で命と魂をテーマにした物語『リジェクション』を書きました。この二年後には、命とは何かを探る物語『ぼくのネコがロボットになった』も書きました。

おかげさまですっかり治ったので、今度はサバイバルの話でも書かねば！

小手鞠さんのアドバイスは非常に的を射ていて、子育て云々は関係ないなと思いました。

海外で仕事をしながら子育てをするのは至難の業でしたが、自分を褒めたいことがひとつだけあります。それは「かわいい子には旅をさせろ」を実践したことです。

先述のように死を覚悟していた時期、娘には、母のいない世界でも生きていける自信をつけて欲しいと考えました。何度も話し合い、娘はロンドンの大学を目指すことになりました。二回目の手術を受けて退院後の夏、娘を連れて英国へ行ったのは、入試用のＩＥＬＴＳ高得点取得コースのためでしたが、母娘の最後の旅（と思い込んでいた）のためでもありました。

志望大学に受かった娘は、最初こそホームシックでよく泣いていたそうですが、あっという間にロンドンっ子になり、卒業後は東京に移住して就職しました。ここでも最初は孤独だったようですが、今ではすっかり東京っ子です。あれほど内気でシャイだったのに、社交的になりました。「かわいい子には旅をさせろ」をやって良かったです。

友人に聞かれたのは、「自分の先が長くないと覚悟したら、子どもをそばに置いておきたがるものじゃないの？」という事です。でも、それは親のエゴです。もし本当に子どもの将来を考えるならば、抱え込むことはしないはず。いずれ親はいなくなります。その時のために、早めに自立するチャンスを与えることこそが、親の義務だと思っています。

子どもの夢の支援は、難しい問題ですね。小手鞠さんは、ご両親から夢を否定されてもめげずに努力し、夢を実現させました。私は自分で道を模索し、日本を飛び出しました。

問題は、子どもの夢を親が決めることや、家庭の経済的な事情が進路を左右してしまうことではないでしょうか。文章は紙と鉛筆（ＰＣ）だけあれば書けますが、専門教育にお金のかかる分野もあります。

例えばクラシック音楽の世界は、高価な楽器代に加えて専門教育費がかかります。才能や努力だけではどうにもならず、親が徹底して精神的、経済的援助をするかどうかが、子どもの進路を大きく左右してしまいます。

イタリア人作曲家エンニオ・モリコーネについてのドキュメンタリー映画を観

たことがあります。トランペッターの父親は、息子にもトランペッターになることを強要しました。やがてエンニオは作曲に興味を持ち、毎晩トランペッターのアルバイトをしながら国立音楽院で作曲を学びました。彼は苦難を乗り越え、ついに世界で映画音楽といえばモリコーネと言われるほどになりました。演奏家の親に音楽の道を強く支援されたこと、良き伴侶に支えられたこと、また、良き作曲の指導者に出会えたことが大きかったようです。

中国出身の世界的ピアニスト、ラン・ランの自伝も読みました。息子の才能を信じた公務員の父親は、仕事を辞めてラン・ランをピアニストになるよう必死に導きました。父子で窓から飛び降りる寸前になるほど辛い事もありましたが、才能や努力はもちろんのこと、親の強い支援があったからこそ、ラン・ランは苦難を乗り越え、ピアニストになれたのです。

これらの例は成功したから良かったものの、殆どの場合は人生を投げ打って努力しても、音楽だけでは食べていけません。親がどこまで支援するかは難題ですし、音大の教師でさえ、生徒の将来を約束できません。指の怪我でリタイアすることもあります。

自分が苦い経験をしたので、私は娘には習い事を勧めませんでした。ただ音楽を楽しむために、あちこちの大聖堂や広場で行われる無料演奏会によく連れて行きました。娘は十歳の時に音楽をやりたいと言い出し、一年の予科を経て国立音楽院のフルート科（まだ音楽院が旧制度だったので本科七年制）に入学しました。学費が格安ゆえに可能だったのですが。

普通校と音楽院を同時並行するという苦労をしつつ音楽院を卒業したのに、彼女はプロを目指さないという結論を出しました。さまざまなコンクールで一位入賞などを果たしていたので、もっと熱心に支援するべきだったのではないかと、責任を感じてもいました。

しかし「好きこそものの上手なれ」の通りで、諦められる程度の情熱しかないなら、人を感動させるような演奏はできないだろうということにも気がつきました。

フルート奏者の葛藤と音楽院の子どもたちのことは、その後『アドリブ』に書きました（作家の家族って、経験を吸い取られて大変ですね。笑）。

このように、私は親としてささやかな経済的援助はしましたが、進路に関しては、反対もしなければ導きもしませんでした。いくら親の支援があったとしても、本人が選んだ道でない限り、必ず行き詰まると確信しているからです。小手鞠さんの「自分の夢は、自分で実現するしかないんだよ」という言葉は、どの分野においても真実だと思います。

最後になってしまいましたが、私は「赤ちゃん向けの英語学習」には懐疑的です。なぜなら、多くの不完全なバイリンガルの子たちを見てきたからです。人間は言葉でものを考えるので、第一言語があやふやだと、思考力が発達しないそうです（母も国も関係なく初等教育の言語が左右するようなので、あえて第一言語と呼びます）。バイリンガル教育がうまくいかなかったケースも少なくありません。第一言語が中途半端になってしまった子どもたちは、作文や小論文が多いイタリアの学校で苦労していました。

ある特殊な例もあります。イタリア人の父親と日本人の母親は、この女の子をバイリンガルで育てようと必死でした。ところがある程度の年齢になった時、日本語で複雑なことを説明するのがストレスになっているようだったので、イタリア語だけにしました。

日本語習得のストレスが減ったおかげか教師が優秀だったからか、女の子は突然イタリア語の読み書きが得意になり、英語や中等教育の必修第二外国語のフランス語、選択科目のラテン語も一気に上達しました（ラテン系言語同士の習得は難易度が低いですが）。第一言語をしっかり習得すると、他の言語も論理的に理解できるようになるばかりでなく、読解力向上のおかげで理系科目もよりわかるようになったのです。努力は勿論ですが、第一言語に集中したのが良かったと、本人が言っていました。

こうしてこの家庭では日本語教育をあきらめたのですが、彼女が十三、四歳のころに自分で日本のアニメに興味を持ち、音声は日本語、字幕は英語というコンビで、進んで日本語を学んだのです。ここでもまた「好きこそものの上手なれ」ですね。バイリンガル教育の失敗から、図らずともマルチリンガルになった例です。この家庭はさまざまな事情で経済的余裕はなく、学校はすべて国公立でしたし、多くのイタリア人の子どもが受ける英国の夏期講習以外は塾にも行かせませんでした。ただ、国公立学校の教育レベルの方が私立より高いとされていること、そもそも文法が難解なイタリア語が第一言語であることなど、日本と違う事情はあるかもしれません。

個人的な意見ではありますが、小さい子どもの英語教育は、歌や遊びによるもので十分かと思います。日本の義務教育方針が、小学校中学年では英語に慣れ親しむ程度、高学年で必修科目になったのは、賢明な選択だと思います。日本から一歩も出ず、成人してから独学で英語がペラペラになった人を何人も知っています。この人たちに共通しているのは、第一言語をしっかり習得していること。つまり、日本語で深くものを考え、本をたくさん読み、読解力が高く、自分の意見を表現できる人たちです。

ただし、遊びの中でネイティブの発音に慣れていくのは、良いことかもしれません。あくまでも第一言語の学習を邪魔しない年齢で、ストレスのない程度に、ですが。

どちらにしても、もし自動同時翻訳・通訳システムが完璧になったら、語学習得はあまり意味のないことになるかもしれませんね。

ところで、私は若かったので無鉄砲でしたが、小手鞠さんが三十六歳でアメリカ人の旦那さんと突然アメリカに移住なさったのは、逆にすごいと思います。仕事も生活も順調だった大人が突然海外に移住なさったあたり、私だけでなく読者の皆さんも大いに興味があるのではないでしょうか。以前、アメリカに救われたと書いていらっしゃいましたが、ご苦労もあったでしょう。移住初日から、どんな感じでしたか？　言葉の壁や食習慣の違い、差別問題など、どうやって乗り越えて行かれたのでしょう？

羊たちのベエエとメエエのハーモニーを聴きながら書いた佐藤まどかより

旅にでよう！

ベエエくんとメエエちゃんの丘の佐藤まどか様

毎年の早春、雪解けとほぼ同時に、中南米から渡ってくるアメリカンロビン（日本語名は、こまつぐみ）の、今年はじめてのさえずりが響き渡る森から、こんにちは。

今回は、佐藤さんのお手紙に出てきた「かわいい子には旅をさせろ」をキーワードにして、お返事を書きたいと思います。

最近の日本の若い人たちは、あまり海外へ行かなくなった。外国への旅に関心がなくなっている。日本に住んでいる友人、知人、仕事仲間から、よくこういう話を聞きます。私が若かった頃とは、まったく逆の現象です。八〇年代から九〇年代にかけて、当時は、若者に限らず、誰もがこぞって外国へ行きたがっていたと記憶しています。留学が大流行。短期留学、長期留学、企業留学、語学留学、遊学。目的なんて、あってもなくてもいい、とにかく日本を飛び出して、海の向こうにある世界へ行ってみたい、知りたい、見たい、聞きたい、経験したい。そんな熱が日本には充満していました。

あの頃は日本の窓が大きく開いていた、という印象があります。

そういう時代に、私は三十六歳にして、突然の渡米と移住。

三十六歳と言えば、日本の当時の常識からすれば、女性は結婚して、子どもがふたりか三人くらいいても、おかしくない年齢だったと思います。男性の会社員だったら、課長か部長くらいになっているのかな。

若くして日本を飛び出した無鉄砲な、いいえ、勇敢きわまりない佐藤さんの目に、三十六歳で渡米は「逆にすごい」と映ったようですけれど、実はそれほど、すごくはなかったのです。

なぜなら、私と夫は当時、相思相愛の恋人同士だったから。

好きな人と、離れ離れになりたくない。あなたがアメリカへ帰るなら、私もいっしょに付いていく！　仕事？　そんなもの、もうどうでもいいの、あなたといっしょにいることが大事。よし、わかった。じゃあ、結婚でもするか。こういう流れです。

三十六歳だったのに、気分は十八歳くらいでした。夫は六つ下ですから、きっともっと若かったのでしょう。十八と十二の「子ども」ですからね、行け行け！ですよ。

そして、アメリカ移住の初日から、それはもう驚かされることばかりで、毎日がカルチャーショックの日々。中高大と、あんなに必死で勉強してきた英語がまったく使い物にならない。私の英語年齢は、五歳くらいのレベルだったと思います。幼稚園児がアメリカ人の大人たちに交じって会話している、という感じ。厳しい言語の壁を突き付けられて、それでもやっぱり、家に帰れば愛するパートナーがいる、というその一点さえあれば、苦労を苦労と思うこともなく、すいすい乗り越えていけた、というのがおとぎ話みたいなノンフィクションです。

恐るべし、恋の力。

これはアジア人差別かもしれない、というような出来事に遭遇しても、家に戻って「差別された！」と泣きつけば「そんな、蚊に刺されたような程度のことで、いちいち泣くな！　いじめられたら、いじめ返してやれ！」と言って、叱咤《しった》激励してくれる人がいるわけですから、人種差別なんて、やっぱりどうってことなかった。ごめんなさい、これ以上、書くと、単なる惚気《のろけ》になってしまいますので、いったん筆を止めますね。

閑話休題。恋愛への寄り道はこれくらいにして、旅の話に戻ります。

佐藤さんが書いていらした娘さんのお話を読んで、やはり旅の力は素晴らしいと、再認識しました。ホームシックで泣いていらした娘さん、シャイで内気だった娘さんが社交的になり、ロンドンっ子から東京っ子へ。本当に素敵なエピソードです。

ああ、いいお母さんだなぁと、素直にそう思いました。

死を覚悟しながら、娘さんをロンドンへ行かせる、なんてこと、そんじょそこらの親御さんにできることではないですよ。そういう状況下に置かれたら「子どもをそばに置いておきたがるものじゃないの」という、世間からの騒音（騒音でしかないですよね）に対して、佐藤さんは「それは親のエゴです」と、きっぱりと言い切っています。クール！　これは、世界中の、子離れがうまくできていない親たちに聞かせたい言葉です。

さて、かくいう私も、私を成長させてくれ、夢に向かって進んでいく大いなる力を与えてくれたのは、旅だったと思っています。

私の場合、母の影響ではまったくなくて、ほかならぬ夫の影響で、旅をよくするようになりました。彼と知り合って、いっしょに暮らすようになるまでは、パッケージツアーしか経験したことがなかったのです。弟といっしょに行ったパリとウィーンへの一週間の旅行、その後、やはりパッケージツアーで、オーストラリアとシンガポールへ五日間くらいのひとり旅。海外旅行はその二度だけ。一方の彼は、両親が海外旅行好きだったせいで、幼い頃から、日本、インドネシアをはじめとするアジア各国、ヨーロッパ諸国など、本当にいろんなところへ連れていってもらっていました。だから、大人になってからも「趣味は旅」と言えるほど、旅好きな人になっていたのです。

そんな彼と京都の書店で知り合って、初デートをした日。

ごく自然な流れで、旅の話が出て「今、いちばん行きたい外国はどこ」と尋ねられて、私は「インド」と答えました。当時、沢木耕太郎と藤原新也に心酔していた私は『深夜特急』や『印度放浪』を読んで、いつかインドへ行ってみたいと、あこがれるようになっていたのです。しかし当時、インドは、女性がひとり旅をするには、いささかハードな国でした。

私が「インド」と言うと、彼からは間髪を容れず、答えが返ってきました。

「じゃあ、いっしょに行こう！」と。

これで決まりです。

初デートは二月で、アパートを引き払い、仕事も辞め、バックパックふたつでインドへ旅立ったのは、同じ年の十一月でした。二十八歳と二十二歳です。精神年齢で言うと、ふたりとも十代だったと思います。

あれは、十代だったからこそ、できた旅でした。

貯金をかき集めて、有り金を全部、使い果たすまで、いられるだけインドにいよう、ということにして、結局、四ヶ月ほど、インド中をほっつき歩きました。鉄道とバスと人力車で。ザ・貧乏旅行です。毎晩、ベッドの上に所持金を並べて置いて、あと何日いられるか、指折り数えていました。そのベッドというのが「シーツを替えて下さい」と頼んだら、目の前でぱぁーっとシーツを裏返されて「はいどうぞ」と言われるような安宿の、ばねの壊れた寝台だった、そのまわりを鼠《ねずみ》が走り回っていた、と書けば、どんな旅だったのか、推して知るべしですよね。

若くなければ、できなかった旅です。今の私たちには到底できません。今の私たちがインドへ行ったなら（いつか行きたいね、と話しています。当時、回ったところを全部、再訪したいねと）移動はすべて国内飛行機、宿泊は、その町の最高級ホテルのスイートルームに泊まるでしょう。待っても待っても来ない列車を夜通し待って、牛がうろうろしているプラットホームで夜を明かす、なんてこと、今の私たちには無理です。蝿がたかって真っ黒になっているサモサを手でつかんで食べる、なんてことも、できないでしょう。

あのインドへの旅は、私の人生にとって、大きな大きな分岐点になったと思います。まさに、人生の窓を開いてくれた旅だったのです。物質主義にまみれていた私、経済的な豊かさを基準にして物事を考えていた私を、インドは徹底的に破壊し、打ちのめしてくれました。

彼との関係も、インド旅行をしたことによって、いい意味で、さらに強固なものになりました。何しろ四ヶ月ものあいだ、お手洗いに行く時間だけを除いて、ほとんど二十四時間、いっしょにいるわけですから、それはもう、喧嘩もしたし、大喧嘩もしたし、途中で「これはもう、成田に戻ったら、そこで別れることになるのか」と思えるような喧嘩もしました。

けれども結局、別れることはなく、今日までいい関係を築けていられるのは、やはり根底のところで、インドの力が、旅の力が働いているからでしょう。究極の貧乏旅行をふたりで極めることができたよね、という、共通の思い出に、私たちは今も支えられているのだと思います。

長い話を短くまとめてみましたけれど、このインド旅行の経験があったおかげで、アメリカへの移住なんて、東京から北海道へ行く、程度のものに思えたわけです。

日本とアメリカは、ある意味では、似たような二国です。経済的な豊かさや生活水準や価値観には、共通点がたくさんあります。しかし、当時のインドと日本は、同じアジアとは思えないほど、大きな違いがありました。カースト制度ひとつを取ってもそうですし、貧富の差、衛生観念、生活習慣、食生活、宗教、本当に何もかもが異なっていました。

今のインドは、きっと、発展途上国から先進国の仲間入りをしているのではないでしょうか。でも、私はあの頃のインドを、彼と旅できて、本当に良かった。インドにノックアウトされていなかったら、私は傲慢な大人になっていたような気がします。貧困とは何か、階級差とは何か、虐げられるということは、どういうことなのか、それを若い頃にこの目で見ることができて、貧乏を経験できて、本当に良かった。

だから私は、若い人たちに、いえ、若くない人たちにも、旅をすすめたいと思っています。旅をするということは、窓をあけて、外へ飛び出すということです。

飛び出して、自分の目で見て、耳で聞いて、実際に体験してみなくてはわからないことって、ありますものね。旅に出ること。もしかしたら、これこそが夢の実現に向かっていく第一歩なのかもしれません。

ああ、このままでは手紙が終わらなくなりそうです。この話の続きはまた、佐藤さんにお目にかかったときにしたいと思います。

最後になりましたけれど、今回いただいたお手紙の中で、私が赤のマーカーでぐいぐい線を引っ張った箇所があります。それはどこだったかと言いますと、

——諦められる程度の情熱しかないなら、人を感動させるような演奏はできないだろう〈後略〉

ここです。これは、子どもの将来を思って、躍起になっている親御さんたちに、

私からも捧げたい言葉です。そして、私自身がこれから作品を書いていく上でも、座右の銘にしたいと思います。

次回は、佐藤さんの旅のお話を聞かせて下さい。

私たちの知らないイタリア各地の旅のお話、ヨーロッパの旅のお話、佐藤さんがこれまでに旅行された国のお話。佐藤さんの窓が開いた旅、あるいは、佐藤さんが窓をあけた旅のお話。

どんなお土産話が飛び出すのでしょうか。

森の仕事部屋で、楽しみに待っています。

小手鞠るい

かつてインドにノックアウトされた小手鞠るい様

小手鞠さんのインド放浪の旅のお話を読んで、無性に旅がしたくなってきました。なんて素敵な貧乏旅行でしょう。

「旅をするということは、窓をあけて、外へ飛び出すということです。飛び出して、自分の目で見て、耳で聞いて、実際に体験してみなくてはわからないこと」

ここ、アンダーラインを引きました。まさにその通りです！　飛び出し、自由に旅をすることのおもしろさは、やってみないとわかりません。旅先によっては女性の一人旅はお勧めできませんが。

私の母は昔、とんでもない旅をしました。一旦仕事を辞め、再婚相手と長期の新婚旅行（バックパッカー世界放浪の旅）に出たのです。母は四十七歳、継父が五十五歳でした。兄は彼女の家でほぼ同棲《どうせい》していたので、高校卒業直前の私は一軒家にひとり残されました。「かわいい子には旅をさせろ」ではなく、「勝手気ママに旅をさせろ」（つまらない駄洒落で失礼）。

　母から数か月おきに来る絵葉書は、「台湾の歯の治療が激安で最高（四十年ほど前ですから）」「ロサンジェルスの道で黒人男性に警戒された」「メキシコの古代文明遺跡が面白い」「イタリアの港町で髪をカッコよく切ってもらった」「イスタンブールの手品師の家に一か月タダで泊めてもらっている」とまあ、こんな具合。最後の絵葉書から数か月はなんの連絡もないし、こちらからは連絡できません。

　彼等が出発してから二年が過ぎ、親の存在を忘れかけていたある朝、なんの連絡もなしに二人が帰ってきました。オデュッセイアさながらの放浪話を数日間にわたって聞き、おもしろがりつつも、私は母を責めました。「四十一度の熱を出したが、あのまま私が死んでいたらどうしたんだ？」すると、「そんときゃあきらめる」という答えがあっさり返ってきました。このとき、母には母の家庭ができたことを実感し、準備していたイタリア行きを早めることにしました。
おそらく母のおかげで旅好きになったので、それは感謝しています。旅そして移住生活は、精神的にも経済的にも、わたしを一人前にさせたと思います。

親が世界を放浪していたころ、十代後半だった私も無性に旅がしたくなり、アルバイト代を貯めて沖縄へ行きました。節約のため東京から沖縄まで船で！ 船底でゴロ寝の三日間でしたが、時々甲板から眺める景色は最高でした。日本を出てからは、イタリア国内旅行。ポンコツ車をフェリーに乗せてギリシャのキャンプ場を巡る二人旅。マイレージでタイへ。日本国内旅行。仕事で欧州各地。義理の妹のいるベルギーや知人が住んでいたオランダ。大学時代の娘がいた英国。欧州内はたいてい飛行機で二時間以内なので、東京から福岡に行く感覚です。

一番思い出があるのは、イタリアに移住して最初の南部ひとり旅です。長距離バスで南部に行き、バーリに宿を取って、有名なアルベロベッロへ電車で行きました。そこで、あるおばあさんに「うちの庭から撮っていいよ」と案内され、とんがり帽子の屋根の家がずらりと並ぶ圧巻の景色を撮影できました（一眼レフのフィルムカメラ時代）。撮影後お礼を言うと、「一緒に食べていって」と誘われ、スープとパンを頂きました。ところが、帰り際に「金を置いていけ。五万リラだ」と言われたのです。当時の物価を考えると、一万円ぐらいの感覚。必死に交渉しました。やがて近所の男性（グル？）が来て間に入ってくれ、結局半額を置いてやっと帰してもらえました。

半泣きで駅に行きましたが、このままバーリに戻るには早く、まだ午後一時。気を取り直して、となりのロコロトンドという町まで行くことにしました。

今度はその駅で、「自称市長」さんから声をかけられたのです。

「こんな町に日本の方が来てくれるなんて光栄です！　ご案内しましょう！」

騙《だま》されたばかりの私は彼を信用できず、離れて歩きました。が、彼は町中の人から「シンダコ（市長）！」と、声をかけられるではありませんか。さすがに町ぐるみで人を騙そうとしているわけでもあるまいと思い、案内してもらいました。白ワイン工場を見学し、二本入りの箱をプレゼントしてもらい、お菓子を頂き、市長の甥《おい》っ子がバーリの駅まで電車で送ってくれたのです。楽しい午後のおかげで、ランチの苦い思い出は吹きとびました。

このあとシチリア島に渡る列車、またパレルモで、そしてその後のナポリでもすったもんだのトラブルと温かいエピソードがあったのですが、書くと一冊の本になってしまいそうなほど長くなるので、やめておきます（笑）。

私にとっては、人生そのものが旅のようです。こうして自宅にいる時でも、旅人という気がします。私がこの国で異邦人だからでしょう。日本よりもイタリア在住の方が長いですし、イタリア語で喋《しゃべ》るほうが楽なときもありますが、それでも異邦人であると感じます。ただし、日本に一時帰国しても、私はやはり旅人です。旅行保険もクレジットカードも全て海外発行のものですから。

私がホッとするのは、往復の飛行機の中です。大好きな日本へ、あるいは大好きなイタリアへ「帰る」途中。実際に帰ってみると、やはり異邦人や旅人なのですが（笑）。

コロナ禍の厳しいロックダウン時、旅どころか市外にさえ出られず、今までのことがまるで夢のようでした。カフェで友達に会ったり、飛行機に乗って日本に行けること。そんな日常が非日常になってしまい、愛おしくなりました。これはキャンサーギフトならぬ、コロナ禍ギフトでした。

旅は非日常です。刺激でクラクラし、疲れきって家に帰る。迎えてくれるのは、いつもの羊たち、近所の子どもたちの叫び声、静まりかえった丘で鳴く夜鳥たち。そういえば、自分が異邦人であると感じるのはあくまでも対人間のことで、こっちが何人だろうと、自然にには関係ありませんね。

まだまだ行ってみたいところはたくさんあります。トルコ、アイスランド、ポルトガル南端、中国の桂林、台湾、韓国、ペルー（マチュピチュ）、サハラ砂漠、ベトナムなど。ニューヨークもいつかきっと。再訪したいのはシチリアと沖縄、九州、北海道。地図を見るだけで、ワクワクします。

日本の若い人の内向き傾向と同時に、外向きの人も増加しているようです。両極端になってきているということでしょうか。二〇二三年一月三日の朝日新聞によると、海外永住者が約五十五万七千人（長期滞在者を除く）で、過去最高を記録。短期滞在先はアジア圏が多いのに対し、永住先は主に欧米だそうです。

仏有力紙ル・モンドでも「給料の上がらない自国を捨てて、日本人は海外を目指しはじめた」という特集記事が出ました（クーリエ・ジャポンの五月十二日の記事に転載）。ただ、円安事情、言葉やビザ取得の問題により、出ていきたくても行けない人もいるはずです。

内向きの若者が外を向くことに大賛成ですが、帰る国があってこそだと思うのです。人生の大半をイタリアで過ごした私が、イタリア国籍を取得せずに日本国籍を保持しているのは、帰る可能性を残しておきたいからです。その可能性が殆どなくても、日本人でいたいという気持ちはなくなりません。

海外に移住したものの、夢敗れて帰国する人もいるでしょう。自分も苦い経験をしましたが、単独で移住する人にとって、乗り越えるべき壁は厚く高く、メンタルをやられる人も少なくありません。

一方、ここ二、三年で欧米から東京に移住した人をたくさん知っています。特にアメリカの男性たち。彼らは日本で永住権を取得し、家を買いました。理由を尋ねると、こぞって「連日の発砲事件に懲りた。日本は安全で暮らしやすい」と言います。アメリカの高賃金で日本に住むのは、メリットが多いでしょう。彼らは高度外国人材なので、低賃金で苦労している研修生や難民とは、事情が違います。

ミラノとキャンティの丘とロンドンに住んだ娘も、東京を気に入っています。理由は「刺激的な大都市なのに、ロンドンやミラノよりずっと安全だから」。日本の伝統文化が好きで、運よくハラスメントのない健全な職場にいるからでしょう。皮肉ですよね。日本人は欧米に、欧米人は日本に。

日本人が海外に必然的に移住する必要がなく子どもを育てやすい、また、出ていった人が帰りたくなる国づくりのために、私も在外選挙の投票でがんばらねばと思います（ネット投票を可能にして欲しいですが）。

ところで、アメリカに移住した小手鞠さんを大胆だと思う理由は、移住時の年齢だけではありません。恐れず、愛する人に身を委ねたからです。

子どもの頃から今まで、私は一度もこれができませんでした。親を信用していなかったせいか、外科医やパイロットなどは別として、人に運命を委ねることができないのです。そういえば、自分でギアチェンジをするマニュアル車しか運転しないのも、そのせいかもしれません。自動運転なんて、もってのほか（笑）。

小手鞠さんはパートナーを愛し、愛され、そこにご自分の身を委ねました。直感と愛を信じて行動なさるからこそ、熱い恋愛小説を書けるのではないかと思っています。

運命を委ねるのが怖い私ですが、自分で計画的な人生設計をしているかというと、まったくしていません。根がとことん悲観的な人間だからこそ、将来のことは考えないようにしています。

私は、オンボロ車を乗りまわすキリギリスです。マニュアル車のギアチェンジをしつつも、人生はプロットなしで行き当たりバッタリ（倒れる）！

小手鞠さんは、ご自分の将来を想像なさいますか？

夜鳥が騒がしいキャンティの丘より　佐藤まどか

第4章

景色は広がるよどこまでも

声を大にして言いたいこと

佐藤まどか様

佐藤さんのお母様と佐藤さんの旅のお話。抱腹絶倒の場面も数々あって、たっぷりと楽しませていただきました。「人生そのものが旅のようです」という名言には、大きくうなずくしかありません。

佐藤さんが開いてくださった窓の外に広がっている景色、そして、常に移り変わってゆく景色を眺めながら、ゆったりとリラックスして、列車の中でお弁当を食べながら恋のお話をしたり、バカンスや食べ物の話題に興じたり、はたまた、もっと大きな景色——将来のこと、幸せって何？　人生観、死生観などについても語り合ってみたい、という欲求を抑えて、きょうは、佐藤さんに聞いていただきたい出来事について、書きたいと思います。

突然、話題が「窓の内側」に戻ってしまいます。

でも私は、この出来事を佐藤さんに語らずにはいられないし、この出来事を通して、日本の子どもたちに伝えたいメッセージもあるのです。

当事者がこの文章を読んで、これは自分のことじゃないかと気づいて、その人の心が傷つくことのないように、細かいところには脚色を加えて書きます。

大筋はすべて、本当にあったことです。

最初に仕事の依頼をいただいたのは、今からちょうど一年前のことでした。

私からお願いをしたわけではなくて、彼の方から「こんな作品を」と、メールでご連絡があったのです。

彼とは面識がありました。前の年に参加していたパーティに来られていて、ご挨拶を交わしていたのです。

仕事の内容は、大人向けの作品で、テーマはとても重厚なもので、これを書くためには相当なリサーチも必要で、執筆の時間は最低でも一年はかかるだろうなと思いました。

しかし、彼の熱意も相当なもので「この作品で、大きな賞を狙いたい」とまで書かれていたのです。

私は例によって、直感と好き嫌いで判断、即決型なので「お引き受け致します。ぜひ、やりましょう!」と、力強いお返事を送りました。

それから一ヶ月くらいのあいだに、何度かメールを書き交わし、作品の概要と骨格もほぼ固まり、私はその間もずっと、資料の収集や読み込みに余念がありませんでした。

ところがその後、ふと気がついたら「あれ？　メールの返事が来ないなぁ、遅いなぁ、どうしたんだろう」と思うことが増えていたのです。

当然のことながら、メールを再送し「お返事をお待ちしています」と書いて、待つわけです。

実りのあるお返事は一向に届きません。それどころか、いつも何か関係ないようなことが短く綴《つづ》られており、肝心な問い合わせに対しては、まさにうまく躱《かわ》されている、という感じです。

このままでは困るなぁと思って、半年後くらいに「もしも二〇二四年に刊行したいなら、今から書き始めないと間に合いません。どう致しましょう」と、何度目かの問い合わせをしたところ、やっとのことで返ってきた返信には「本作は、二〇二五年の刊行を目指しています」とのことでした。

ああ、それなら、それほど急ぐ必要もないのかなと思って、それからしばらくのあいだは、私もこの作品のことはいったん脇へ置いておいたのです。もちろん、資料の読み込みは続けていましたけれど。

　そうして、最初の依頼からおよそ一年後のつい最近、私の帰国の日程を知らせるために、彼にメールを送りました。これはわりと久しぶりの連絡でした。帰国日程はその会社の別の部署の人たちにも知らせたかったので、ＣＣ方式で送りました。

　ＣＣで送ったのは正解でした。この方式で送っておけば「メールが弾かれていた」とか「見落としていた」とか、そんな言い訳はできませんからね。

　そのメールには「二〇二五年の出版を目標にするなら、そろそろ書き始めなくてはなりませんね。いったいどうなっているのでしょう」というようなことも書きました。この件について、明確なお返事をくださいい、と。

　このＣＣメールに対して届いた返事には、本件について、こう書かれていました。

――あと少しだけお待ち下さい。

佐藤さん、ここまでを読まれて、どう思われていますか。

さんざん梨の礫《つぶて》を続けておいて「あと少しだけ」ですよ。

私はこの「あと少しだけ」という言葉によって、はっと目覚めたのです。このままではいけないのだと。これは私の態度が甘かったのだと。甘過ぎた、お人好し過ぎた、要するに馬鹿だったのだ、と。

夫の言葉を借りると「常に謙虚であるべきだ。しかし、自分を安売りするな」の安売りを、私はしていたのかもしれません。

この「あと少しだけ」への返事として、CCにしたまま「あと少しとは、どれくらいの時間なのでしょうか。それは、一日ですか、一週間ですか、一ヶ月ですか。具体的な時間を示してくださいますか」と、書きました。

もちろん、優しく、柔らかく、書きました。こんな仕打ちを受けていても、相手への思いやりは持ち続けたつもりです。怒りに任せた言葉では何も解決しないと思ったから。

優しいメールに対して、返ってきた返事は、目を疑うような内容でした。短くまとめると「あと少しとは、二、三ヶ月という意味である。返信が遅れている理由は、多忙であり、自分のことで精一杯の日々を送っているからだ。しかし、もうこれ以上、小手鞠さんをお待たせすると、小手鞠さんにご迷惑をかけるだけだから、この企画を断念することにした」――。

あいた口が塞がらないとは、このことです。

勝手に依頼しておいて、断念ですよ、断念。

佐藤さんなら、これに対して、どんなお返事をされますか。

どうしたものか？　と、考えた末に（それほど長くは考えませんでした。対策はすぐに浮かんできたのです）私はこんなお返事を送りました。ものすごく丁寧に、優しく書きました。左記の文面はその要約です。

——承知いたしました。それではあと少し、すなわち、あと二、三ヶ月、お待ち致します。ただし、二、三ヶ月後の次のお返事は、あなたからのメールではなくて、あなたの上司、もしくは、この企画の責任者の方に、会社としての正式文書を作成していただき、それを郵送でお送り下さい。その文書には、一年前のご依頼から現在に至るまでの経緯を、時系列で記して、詳細を説明して下さい。私の方では、その文書が届き次第、第三者に託します。


今はそのお返事を待っているところです。

あと少し（笑）で、決着はつくでしょうか。

やるべきことはやったので、心はすっきりしています！

だから、慰めの言葉は必要ありません。と書きながらも、ちょっとは慰めて欲しいかなぁ。闘う女であり、転んでもただでは起きない佐藤さんからのお言葉が欲しいです〜。

最後に、この出来事を通して、私が学んだこととは、フリー（作家は全員フリーランスですよね）で仕事をしていくからには、理不尽な出来事、卑怯《ひきょう》な仕打ちに対して、泣き寝入りをしてはいけない、ということです。

私がずっと連絡を待っていたあいだも、その人は会社から給料をもらっていたわけです。私の精神的な苦痛や失った時間は、誰も償ってくれませんし、返してもくれません。

また、私がここで泣き寝入りをして、何もなかったことにしてしまうと、後進の作家や、これから作家を目指そうとしている若い人たちにも、間接的には迷惑をかけることになりますよね。

つまり、悪しき習慣を断ち切るチャンスがあったのに、それを私が生かさなかったことになりますから、それは、ある意味では、いじめを見ていながら、見て見ぬふりをすることと同じではないでしょうか。

私は、日本の子どもたちに、声を大にして言いたいと思っています。

理不尽なこと、どう考えても相手が間違っている、と思えるような出来事に遭遇したら、声を上げて下さい。相手が先生であっても、親であっても、学校であっても。

小さな声かもしれないし、ひねりつぶされるかもしれないけれど、それでもきちんと「ノー」を言うこと。そうしないと、いつまで経っても、日本社会は良くなりません。個人が会社と闘っても負けるのは必至かもしれない。けれども、それでも声を上げなくてはならないのではないか。

謙虚に仕事をしていくことは、とても重要なことです。そのことと、相手の怠慢や不正義を容認することとは、まったく別の次元の問題ですよね。

私は長きにわたって、なるべく事を穏便に済ませたい、人と争ってまで、何かを得ようとは思わない、というような、優柔不断な姿勢を取り続けてきました。

自分が傷つくのが怖かった、とも言えます。かれこれ三十年近く、なんの保証もない作家という仕事を続けてきて、やはりそれではいけないのだと悟った次第です。遅い悟りだったかもしれません。でも、悟れて良かったと思っています。

鼻息も荒く書いてしまいました。気を取り直して、次のお手紙では、佐藤さんと、思いっ切り楽しい話題で盛り上がりたいと思っています。

恋のお話、食べ物のお話、そして、幸せとは何か、というようなお話もしたいです。ですので、佐藤さんからのお返事は、私への慰めが半分で、残り半分は私に面白い質問をいっぱい書いて下さいね。

＊追伸＊ゆうべ『ノクツドウライオウ』を読み終えました。ミニ書評で取り上げ

たいと思っています。マエストロのこの言葉が大好きです。
品質の悪いものを作るぐらいなら、作らんほうが良い。

小手鞠るい

【後日談】
会社の取締役の方から、ご連絡をいただきました。彼の個人的な事情も関係していたようです。連絡の不行き届きについては、上司や会社の監督責任である、ということで、真摯に謝罪をしていただき、納得できました。また、同じ企画は他社ですんなり成立しました。円満解決、怪我の功名。やはり抗議をして大正解でした。

反旗を翻した小手鞠るい様

今回のお手紙に驚きました。私もずいぶん待たされたことはありますが、まさか、小手鞠さんにそんな対応をする編集者さんがいるなんて！

もちろん、最初の約束通りに行かない場合もあるでしょう。でも、言いにくい連絡をしたくないから自然消滅させるなんて、業務云々の前に、人としてやってはいけないことではないでしょうか。

「多忙であり、自分のことで精一杯」というのは、作家も同じです。もし私が編集者なら、たとえ言いにくい内容だったとしても、自分が依頼した件について一年も知らんぷりなんて、あり得ません。相手がデビューしたての若い作家だろうが、ベテランの売れっ子作家だろうが、同じです。

作家はおっしゃるように皆フリーランスですし、書籍にならない限り印税は入らず生活できません。作家は霞を食べて生きろということでしょうか。

小手鞠さんの凛とした態度は、正義であり、後輩のみなさんのためにも必然だと思います。「その文書が届き次第、第三者に託します」の一文を読んで、先方がそれなりの対処をしてくださったことを祈ります。

理不尽なことに誰も文句を言わないのがあたりまえなのだとしたら、その社会は崩壊の危機にあると思います。民主的とはいえませんよね。

また、人としての礼儀は勿論ですが、出版のタイミングというのも気になります。その時の「旬」があると思うのです。普遍的な作品はもちろんありますが、時事問題、社会問題をテーマにしている小説などは、今世に出してこそ意味があるわけです。長い月日をかけて検討していると、遅すぎるかもしれません。大きな企業で、たくさんの会議を経て形式的に進めなければならない場合、このタイミングが決定的に遅くなってしまうのではないかと、危惧することがあります。

「理不尽なこと、どう考えても相手が間違っている、と思えるような出来事に遭遇したら、声を上げて下さい。相手が先生であっても、親であっても、学校であっても」

小手鞠さんのこの一文に共感したのは言うまでもありません。

私が書いている殆どの物語に共通しているのが、主人公が「疑問を持ち、自分で考え、おかしいことには抗議する」ことです。現在執筆中の長編も、まさしくこのテーマの物語です。

おとなしすぎる日本の若い人たちに、ぜひ疑問を持ち、考える力をつけ、声を上げてほしいと思います。思春期の自分のようにただ感情的に反抗するのでは、解決しないばかりか悪者にされてしまいます。時に前例を、データを、また未来の可能性を示しながら、理路整然と反論、抗議することは、理不尽な世の中を少しずつ良くしていくために必要です。

話は変わりますが、姑《しゅうとめ》の話を少し。

相手が会社や他人なら、最悪の場合は縁を切ってしまえば済む話ですが、親や姑との関係はそう簡単にはいきません。人類史が始まって以来の難題のひとつかもしれませんね。とくに、親子愛が非常に強いイタリアにおいて、姑と付き合うのは至難の業。学んだ抗議や交渉のスキルが、殆ど役に立ちません！

私は姑と同居した期間がありました。未亡人になった姑が寂しそうだからと説得されて、夫の実家に一年ほど居候しました。

姑は、びっくりするほどの倹約家で、電気代を気にして、食器洗い機を滅多に使わず手で洗っていました（手洗いのほうが水の消費が多いという研究もありますが）。私が洗うと、まずその様子をじっと横で見ていて、その後水切り場の皿をもう一度全部洗い直すのです。どんなにていねいに洗っても、気に入らないのです。

イタリアのマンマにしては珍しく料理が不得意な人で、ラザーニャを作るたびに、明らかにトマトソースの量が少なく、私がさらにソースを作ろうとすると、怒られました。まあ、日本人のくせにイタリア料理に口を出すな、ということだったのでしょう。

ある日、夫の従姉妹一家が遊びに来ました。この一家は母、父、娘がプロ級に料理上手なのです。そしてこの三人が姑に「あきらかにトマトソースが少なすぎる。この倍以上は必要だ」とはっきり言ってくれた時、ああ、これでスカスカのソースのラザーニャから解放される！　と喜んだものです。

とにかく、この調子で洗濯物から掃除、アイロンがけに至るまで、とにかく横でじっと監視され、やり直されるというパターンでした。

ちなみに私は、その頃も夫より多忙でした。疲れて帰ってきて家事をやるのに、毎回やり直されるのがストレスになり、だんだん家事をやらなくなりました。

「Grazie mille!（どうもありがとう）」なんて言って、ちゃっかりやってもらうことが多くなりました。「できそこないの嫁」扱いされましたが、最初からそうしていれば揉《も》めなかったのかもしれません。実の親にさえ甘えたことがないのが、裏目に出たようです。

あるとき、やっと別のマンションに引っ越しましたが、姑は私たちの家の合鍵を持っていて、突然来るのです。それでも、幼い子を抱えて仕事をする場合、すぐそばにおばあちゃんがいるというのは、大変助かります。娘が保育園に行かない日は、姑に預けていました。たとえ娘の教育に口を出されても、他人のベビーシッターに預けるよりはずっと安心です。

十年ほど前に姑が亡くなり、ホッとするかと思いきや、じわじわと寂しさを感じました。友達付き合いもない気難しい人だったので、あれがきっと精一杯の嫁との付き合い方だったのだろうと、今は理解しています。

最後の数か月は、よく電話で話しました。ちょうど私も大病をしていた時だったので、病床で互いの運命を嘆き合いました。あの数か月で、数十年分のおしゃべりをした感じです。もっと早くからああいう付き合いができたら良かったのですが、時すでに遅し。

将来イタリア人と結婚したいと思っている若い皆さんには、姑とうまく付き合う術《すべ》を身につけるよう助言します。家族の繋がりが濃いイタリアの場合、パートナーと結婚するということは、相手の家族（特にお母さん＝マンマ）と結婚すること。相手が気難しく、息子や娘に外国人のパートナーを望んでいなかった場合はなかなか難しいですが、褒め上手、甘え上手な人はうまく行くと思います。

クリスマスの時期になると、姑のことを思い出します。

あのスカスカのラザーニャも懐かしくなります。

クリスマスイヴは恋人と過ごすのが日本ですが、イタリアでは家族と過ごします。クリスマスイヴは、宗教的な意味合いから、夕食で必ず魚料理を食べます。

そしてクリスマスの二十五日も、必ず家族と過ごします。

朝から料理をし始めて、大勢が集まって、昼過ぎに食べ始めます。アンティパスト数種類、食前酒、スープ、パスタ（オーブン焼きのものが多い）、メイン料理（伝統的には肉料理）、赤ワイン、野菜の料理。デザートにはボリュームたっぷりの伝統菓子。州によって違いますが、中北部は大抵パンドーロかパネットーネというシンプルなケーキです。ここシエナだと、さらにアーモンド粉のクッキー、リッチャレッリや、ナッツ、ドライフルーツとスパイスをハチミツで固めた中世来のお菓子パンフォルテ。ナポリあたりだと揚げ菓子などもあります。それから食後のエスプレッソカフェと食後酒。少しすると、また伝統菓子やナッツ類を食べる。延々と夕方まで食べ続けます。

しかも、このパンドーロやパネットーネの量が半端ではありません。一切れが、日本のカステラ五切れぐらいのボリュームなのですが、添加物などの入っていない自然の味なので、軽くてペロリと食べてしまえるのです。恐ろしいことです。

クリスマスだけで三キログラムぐらい太るので、イタリアでクリスマスを過ごす方は覚悟してくださいね。遠慮すると「マンジャマンジャ！（食べなさい食べなさい)」と怒られますよ。

つい、長く書き過ぎてしまいました。

よろしければ、次はぜひ、前回質問させて頂いたことについても教えてくださいね。特に恋愛について。

愛情不足のまま大人になると、愛に臆病になります。私の場合は、さらに男性不信でもありました。自分が唯一無償の愛を捧げたのは、飼っていた猫と娘ぐらいです。

長年いっしょにデザインスタジオをやっていた夫とは、親友、パートナー、同志といった関係です。せっかく愛《アモーレ》の国イタリアに来たのに、胸が張り裂けるような激しい恋愛の末に結婚しなかったのは、もったいなかったかも(笑)?

でも、映画や小説のような熱い恋の場合、最終的には必ず悲劇に違いないと勝手に思っています。

めでたく結婚し、長年ずっと(努力の賜物だとしても)恋愛関係でいる小手鞠さんご夫婦は、私から見ると奇跡です！

羊の鈴の音「カランコローン」のおかげで昼間から眠い佐藤まどかより

昼間から眠いと言いながら、目の覚めるような面白い手紙を書いてしまう佐藤まどか様

いやーもう、何が面白かったかって、イタリア人の姑《しゅうとめ》さんと佐藤さんのバトル（と、あえて書かせていただきます）の面白いことと言ったら！　おかげさまで、ぶすぶす燻《くすぶ》っていた私の怒りの残り火も、きれいさっぱり消えてしまったではありませんか。

だって、佐藤さん、ラザーニャのソースが少なくて、皿洗いを目の前でやり直される姑さんと「一年ほど同居」なさっていたんですよね。

そんなこと、私には金輪際、できません。どんなに彼を愛していても、できません。もしもそうしなくてはならなくなったら、私、離婚したと思います。それ

くらい、私にとって、義母との同居は苦行です。いえ、地獄です。そんな生き地獄に比べたら、卑怯《ひきょう》な人から卑怯な仕打ちを受けたことくらいで、がたがた言ってはいられない、なぁんて、思ってしまいました。

佐藤さん、怒り心頭に発していた私を慰めて下さって、ありがとうございました。嬉しかったです。持つべきものは同志ですね。

ここからは、私がうちの姑さんの悪口を書けば、話はさらに盛り上がることでしょう。私の方でも、佐藤さんをびっくり仰天させ「それなら、うちのマンマの方がまだましだわー」って思えるようなエピソードには事欠きません。

でもそれは書かないことにします。

なぜなら、今の私は、義母には感謝こそすれ、いやな気持ちはまったく抱いていないからです。あっ、佐藤さんも同じようなことを、違った言葉で書いておられます。「スカスカのラザーニャもなつかしくなる」「じわじわと寂しさを感じる」と。

私の義母は、まだ亡くなっていません。ホノルルにある、完全介護の高齢者向け医療施設に入って、寝たきりで、意識もないまま、それでも彼女は生き続けています。もう、私のことも、夫（ひとり息子）のことも、わからなくなっていま す。もっと義母孝行をしておけば良かったかな、と、嫁は後悔し、反省していま す。孝行したいときに親はいない、ということわざの通りですね。

さて、前回、書くことができなかった、佐藤さんからの質問にお答えします。

——ところで、アメリカに移住した小手鞠さんを大胆だと思う理由は、移住時の年齢だけではありません。恐れず、愛する人に身を委ねたからです。〈中略〉小手鞠さんは、ご自分の将来を想像なさいますか？

もちろん想像します。夫よりも私が先に死ぬのが理想の将来です。

私は死ぬ当日まで、仕事をしていたい。つまり、作品を書いていたい。書きかけの原稿を手にしたまま旅立って、天国でも、その続きを書きたい。けれども、彼が先に死んでしまったら――そのあとのことは、まるで想像できないのです。想像するのも恐ろしい、という感じかな。

惚気話になるのを許していただける、という前提で書きます。かれこれ四十年近くも、そして、このあと、どちらかが死ぬまで、いえ、死んでも、愛し愛されている彼とは、今でも恋人同士です。夫婦、という自覚が薄いのは、子どもがいないせいもあるのでしょうか。いまだに、週二回はデートをしています。家の二階にある私の仕事部屋と、一階にある彼の仕事部屋のパソコンで、それぞれに宛ててメールで恋文を送ったりしています。どちらかが外出すると「もうすぐ帰るね」「寂しい。早く帰ってきて」なんて、甘～いテキスト（日本ではＬＩＮＥに相当する）を送り合っています。

なぜ、こんなに仲がいいのかな。

飽きっぽい私なのに、なぜ、飽きないんだろう。

とっても不思議です。愛は冷めるどころか、年々、熱くなっていっています。六十代になってからは、さらにそれが顕著になりました。これが夫婦愛ってものでしょうか。でも、私たちみたいな夫婦は、アメリカではちっとも珍しくないんですよ。

三十代から五十代くらいまでは、しょっちゅう、大喧嘩《おおげんか》をしていました。大喧嘩をして「あなたなんて、大きらい！　こんな家、出ていく！」と、啖呵を切って、家を飛び出したこともあります。一度ならず、何度も。

幸か不幸か、アメリカの田舎は車社会なので、出ていくとしたら、車で出ていくわけです。となると、運転にも注意しないといけないので、どうしても冷静になります。「じゃあ、どのあたりで、引き返すべきか」などと考え始めていて、いつのまにか、怒りは収まっている、といった塩梅です。

猫がいたときには、猫がかすがいになってくれていましたね。

「あなたなんかと暮らしてられない。出ていって!」

「きみが出ていけばいいだろう」

「私はプーちゃん(猫の名前)とここに残るから、あなたが出ていって」

「わかった。じゃあ、そうする」

「あ、車では行かないで。車がなかったら、生活できないじゃない」

彼が歩いて家を出ていくことは前述の通り、不可能なのです。車しか、交通手段がないから。

離婚の危機は、猫と車で乗り越えました。

日本に住んでいたら、こうは行かなかったかもしれません。

佐藤さんは「愛する人に身を委ねた」私のことを、買いかぶっておられます。私は単なる寂しがり屋で、真の意味では自立のできていない、依存型の人間なんです。ひとりでは生きられない。ひとり暮らしには耐えられない。

だから、彼に先に死なれたら、そのあとの「将来」は、私には想像できない。

身を委ねることのできる人、というのは、委ねた相手を失ったときには、非常に脆く、弱いのです。でもまあ、これが私なんだし、無理して強い人間になろうとも思っていません。すでに開き直っているのでしょう。

彼が死んでしまったら、私はきっと、動物保護施設を訪ねて、猫と犬をたくさん引き取らせてもらってくるだろうと思います。彼にそう話したら、こう言われました。

「ぼくは、猫と犬で穴埋めできる存在か」

すかさず答えました。

「別の男で穴埋めするよりも、ましでしょう」

「確かにね。アメリカ人で、日本語ができて、コンピュータと金融関係に強い男なんて、世界中を探しても、いないだろうな。おまけに気は優しくて力持ち」

いないと思います。

ここで、話はがらりと変わります。

長年、環境問題をテーマにした作文コンクールの審査員を引き受けている、というお話は以前、メールでもお伝えしましたね。今年は、佐藤さんの書かれた『ぼくらの青』も推薦図書に選出されています。私も数年前に、海洋汚染をテーマにした『サステナブル・ビーチ』という作品を上梓《じょうし》しています。

このコンクールを通して、いつも私が思っていることがあります。

環境問題について、子どもたちに考えさせようとするのは、もちろんいいことだと思うのです。なぜなら、地球の未来とはすなわち、子どもたちの未来ですものね。

その一方で、大人たちは、環境問題を、子どもたちだけに押し付けていないか、とも思うのです。環境を壊した張本人の大人たちがそれを棚に上げて、未来を壊された子どもたちに向かって「環境を大切に」と、やかましく言っているわけですから。グレタさんが怒るのも当然ですね。

岡山在住の父が「このごろでは、田んぼから、蛙の声が聞こえなくなった。昔はあんなに賑やかだったのに……」と、こぼしていたことを思い出します。私の実家は、田んぼと桃畑に囲まれたのどかな田舎町にあって、子どもの頃には、緑一色の田んぼに白鷺《しらさぎ》が舞い降りる美しい姿が見られたものです。

ところがここ数年のあいだに、町はすっかり様変わりしてしまいました。田んぼは次々に潰され、そこに、大型ショッピングセンターや巨大なファストフード店が立ち並んでしまったのです。ある年に、駅からタクシーで実家へ帰ろうとしたところ、あまりにも風景が違っていたので、自分の家がどこにあるのか、わからなくなったという、笑うに笑えない笑い話もあります。ただ、それでも両親は「買い物をするのに便利になった」と喜んでいるのです。

これは、いわゆる発展途上国と先進国の、環境に対する思いの相違に似ていますね。

きれいな海、豊かな森を守ろう！　と私たちは言います。発展途上国の人たちにしてみれば、そんなことよりも、リゾート開発を望む、仕事が欲しい、物質的に豊かな生活がしたい、ということなのでしょう。

アメリカは、とにかく国土が広いので、開発するエリアとしないエリアをはっきりと分けて、しないエリアはしっかりと自然が守られています。日本は狭いから、なかなか難しいですね。イタリアは、どうでしょうか。

次回は、イタリアの環境問題への取り組み、そして、佐藤さんが常日頃から抱いている環境への思いなどをぜひお聞かせ下さい。

小鳥たちと蛙たちがヴィヴァルディの『四季』の「夏」を奏でている森より
小手鞠るい

環境のこと

ヴィヴァルディの無料コンサートを楽しむ小手鞠るい様

小鳥と蛙が奏でるなんて、素敵ですね。『四季』の「夏」第二楽章のあの蒸し暑くてだるい午後の感じかしら。第三楽章（特に好きです）の激しい雷の感じかしら。想像しながらにやにやしています。

姑のエピソードで笑って頂けて、良かったです。われながら、見かけによらず忍耐強い人間だなと自負しています（笑）。

ミラノ時代の苦労のおかげで忍耐強くなり、トスカーナ州の田舎でも生きていけるようになりました。ちょっとでも前の車の発車が遅いとクラクションを鳴らす神経質な人ばかりのミラノから来ると、ここはロータリー進入を互いに譲り合うほどゆったりしていて、最初は驚きました。郵便や宅配便のスピードだけはミラノより優秀ですが、他はまるで景色もスピードも中世のまま止まっているのかと思うほど、ゆっくりなんですよ。私が使っている古い自動巻き腕時計のようです。ふと気づくと遅れていたり、止まっていたり。

前々回のお返事をありがとうございました。ご夫婦の愛の形、感心すると同時に、笑い転げました。お二人の喧嘩《けんか》のエピソードですら、微笑ましいです。

「これが私なんだし、無理して強い人間になろうとも思っていません。すでに開き直っているのでしょう」

いやいや、やはり小手鞠さんはお強い！　いざとなると、すぐに開き直ってしまえると思います。そしてお二人は永遠の恋人同士ですね。外に出ている時にも「さびしい」とメッセージを送るなんて！

私は夫を置いて日本に数か月滞在しますし、その間会えなくてもまったくさびしいと思いません。むしろ、メッセージに返事をするのが面倒くさいほどです。ここも丘の上で不便ですが、オンボロの車が二台あるので、どちらかが車で行ってしまっても、まったく問題ありません（笑）。

ところで、とても大事な環境について、よくぞ書いてくださいました。小手鞠さんも環境をテーマにした児童書を数冊書いていらっしゃいますね。

二〇二三年の秋に、『アップサイクル！』という中学生向けの小説が出版されます。廃棄物をただ再利用《リユース》するのではなく、中学生三人がそこに付加価値をつけてアップサイクルし、そのためのネットワークをつくっていく物語です。

かつて私も、アップサイクリングをテーマにした展覧会のために、洗濯機のドラム部分を利用した収納スペース付きのサイドテーブルを作りました。現在でもわが屋の屋根裏部屋で使っています。物を長く使い、使えなくなったらアップサイクルして違う使い道を見出す、というのはクリエイティブで有益だと思います。

イタリアでは、州によって分別ゴミのシステムが違いますが、私が住んでいる市の管理は非常に厳しいです。道にある大型のゴミ収集ボックスは、住民それぞれが持っているゴミ用ＩＤカードをかざして開錠しないと、捨てることができません。また、この辺りの田舎道でさえ、あちこちに監視カメラが設置されていて、不法投棄をすると必ず見つかります。

とにかく、ゴミを減らすことが大事です。話題に出して頂いた『ぼくらの青』にも書いたのですが、世界中でプラスティックの廃棄物が大問題になっています。不織布マスク（合成素材）も大量に廃棄されます。使い捨て製品も多いですし、プラスティックは劣化が激しく長くは使えませんし、ほぼアップサイクルもできません。ペットボトルの多くは素材としてリサイクルされますが、完全ではありません。

イタリアでは、プラスティックレジ袋（百パーセント生分解性のものを除く）が禁止されて久しいですが、まだ使われている国もあります。世界中の海にプラスティックの廃棄物が浮かび、魚やカメはプラスティックを飲み込んで死んでいます。プラスティック粒子が体内に溜《た》まった魚を食べることによって、我々人間の体にも蓄積されます。微粒子レベルのプラスティック（ビニールなども含む）が母乳に入るほど、この世はプラスティックだらけになっています。

リサイクルできないプラスティックや、必然（排水管や医療機器など）以外のものは、製造禁止、使用禁止、少なくとも減量する。極力耐久性の高い素材や生分解性のものに替える。リサイクルペーパーは漂白時に公害が出るので漂白しない。インクや染料を無害のものにする。植林の木材のみを使う。「使い捨て」商品を減らす。こういった配慮が必要だと思います。

「長年使い、さらにアップサイクルし、最後は素材としてリサイクルするか生分解」が基本にならないと、未来の地球はゴミだらけでしょう。

緑に関していうと、イタリアの多くの場所は景観規制があるので、建設できません。ここトスカーナ州のシエナ県の歴史的中心街と、丘陵地帯は特に厳しく、自分の庭でも、勝手にガレージすら作ることができません。素材やサイズ、色について市の許可をもらわないといけないのです。そのおかげで、レオナルド・ダ・ヴィンチの「モナリザ」の背景に見えるような風光明媚《めいび》な景色が残っています。工場や建物は、いずれも平地の建設可能なゾーンに集中させています。

ただし、大昔には農地開発のために木がずいぶん切り倒されました。現在は重要な薬草畑や牧草地、ワインの葡萄畑になっているので、経済的な需要があったのでしょうが、これ以上森林を減らさないで欲しいと切に願います。

米国とちがってイタリアは小さな国ですが、北はアルプス、中南部は地中海、アドリア海と、豊かな自然に恵まれています。日本も海に囲まれ、山や緑に恵まれています。これらの美しい自然を、廃棄物だらけにしてはいけないのです。

また、最近気になるのが、洋服やバッグ、靴の素材です。例えば、合皮は長く持たず、捨てても分解されません。燃やせば有毒なガスが出ます。耐久性がないことを考えると決して安くはない上に、環境には最悪です。最近はこれを熱分解やケミカル処理で素材としてリサイクルする方法もありますが、リサイクル公害も考慮すべきです。それよりも、メンテナンスをすれば何十年も使え、廃棄しても生分解される自然素材のほうが、環境に優しいはずです。

海に流れ込むマイクロプラスティックの三割近くが、ゴムとポリマーの合成ゴムタイヤによるもの（出典はナショナル ジオグラフィック）だそうです。生分解性、あるいは完全にリサイクルできるタイヤ素材を開発するべきでしょう。

素材の問題は、工業製品の意匠設計時代の後半にやっと気づき、葛藤したことでもあります。なるべく「使い捨てのものを作らず売らず買わず」ということを始めないと、いったいこの地球はどうなってしまうのでしょう！

イタリアには本来、何代も続く家具を直して使う習慣がありました。街のあちこちに修理工房がありましたが、最近はすっかり見かけなくなりました。みな、安い家具を買って、使わなくなると捨てるからだそうです。

現在の多くの家具や床素材は、集成材に化粧板や合成素材を貼っているため、表面を削って塗り直すこともできず、長くは使えません。また、接着剤からアレルギーなどの原因にもなるホルムアルデヒドが発生し、健康を害する例も多発しています。

消費者としても、情報を集め、正しい選択をしたいと思います。ただし、最初から完璧を求めるとストレスになるし、経済的な負担も多くなるため、結局あきらめてしまいがちです。正直に申し上げると、わが家にも合成素材が全くないわけではありません。ただ、できる限り環境に優しい素材を選び、大切に長く使うことを目標にしながら生活していきたいと思います。

今の若い人たちの中には、思慮深く、ここ数十年に大人が行なってきた愚行を改めようとしている人たちがたくさんいます。簡単に広告の「エコなんとか」や「環境なんとか」に踊らされず、それがどのような過程を経て作られたのか、廃棄の場合にはどうなるのか、本当に環境に優しいのか、知りたい人はたくさんいるはずです。なにしろ、自分たちの未来がかかっているのですから。

そのためにも、物語を通して問題意識を持ってもらうこと、可能性を示すことは大切だと実感します。

昨日、小手鞠さんの新作『鳥』が届きました。この美しい表紙の本には、生き物への愛、環境を大事にする姿勢が描かれています。私たちは、この地球を共有している他の生き物に敬意を表さなければなりませんね。

私はあまり肉を食べませんが、小手鞠さんと違って菜食主義者ではありません。ただ炭水化物と野菜、果物のほうが好きなだけです。生きている（いた）ものは、植物でも動物でも鳥でも魚でも、感謝しながらありがたく頂きます。地元産の野菜や果物、野生の鴨《かも》、農地で走りまわるシエナ豚、地中海の天然漁獲の魚、マレンマ渓谷で放し飼いになっている牛のミルク、近所の羊のチーズ、そして近所の農家の自由に歩きまわる鶏の卵など。そういう環境に住んでいることに感謝しつつ頂き、もちろん残したり腐らせたりはしません。大切な命を頂くので。

先日は、近所の砂利道でぼうぼうに伸びていた植物が刈られて捨てられていたので、一部を持って帰って、バルコニーで育て始めました。直射日光下だったのですでによれよれだったのですが、水をやっていたら、数日後に花が咲きました。その生命力に感激しました。しかもネットで調べたら、食用植物だったのです（食べるつもりはありませんが）。一生懸命にツルを伸ばしている姿を見たら、愛おしくなりました。

時々立ち止まり、時間合わせをしてまた進むというような古い機械式時計のペースではありますが、自分なりに未来の人々のために少しでも役に立ちたいなと思います。

長く続いた大雨の後、急に夏到来のトスカーナの佐藤まどかより

第5章

この窓の向こうのあなたへ

それではまた、東京で

佐藤まどか様

どんな出会いにも別れがあり、どんな命にも必ず終わりがやってくるように、どんなに楽しい時間にも、終わりがやってくるのですね。

なぁんて、柄にもなく湿っぽい言葉で、最後の手紙を書き始めます。

思い返せば去年の秋、私から佐藤さんへ宛てて書いた、熱いラブレターから始まったこの文通、なんと足掛け二年にわたって続けてきました。

楽しかった！　このひとことに尽きます。

こんなにも楽しいことなら、いつまでだって、続けていられそう。毎回、佐藤さんからのお手紙が届くと、他の仕事をほったらかしにして、すぐにお返事を書きたくなるので、困りました！

途中で、佐藤さんの大型日本帰国があったり、私のコロンビアへのバカンス旅行があったりしたことも、楽しい思い出です。サンタマルタの海辺のコテージで、いつ停電するのか、はらはらしながら、お返事を書いたことを思い出します。

さて、最後のラブレターに、何を書きましょう。

楽しく悩んだ末に、まずは、ついきのう飛び込んできたばかりの嬉しいニュースを、佐藤さんとシェアさせて下さいますか。

私が初めて書いた小学校中学年向けの児童書『くろくまレストランのひみつ』（二〇一二年刊）をはじめとする「森のとしょかんシリーズ」全七冊が中国本土で、翻訳出版されることになったのです。

これまで、台湾版、韓国版、ヴェトナム版などは、ぽつぽつ出ていました。中国本土からの児童書へのオファーは、これが初めてです。十年ほど前に書いた作品。しかも全七冊を一気に、ということで、喜びもひとしおでした。

思うに、日本には、欧米の児童文学の翻訳書はあふれ返っているものの、逆に、日本の作品を海外に広めていこうとする動きは、それほど活発ではないような気がします。また、アジア各国、アフリカ各国、南米各国、イスラム圏諸国などの翻訳作品も、欧米の作品に比べたら、格段に少ないのではないでしょうか。

日本には優れた児童文学がたくさんあるわけだから、これからはもっと、日本の作品を世界中へ向けて発信していけたらいいなぁ、と、ひそかに思っていた矢先の、この快挙でした。私の快挙ではなくて、これは、登場人物である森の動物たちの快挙であった、と思っています。

中国の子どもたちが、日本人作家の本を読んでくれるわけです。

私の作品がささやかながらも、中国と日本の架け橋になれるのなら嬉しい、日中パンダ外交、ならぬ「日中童話外交」ができるのかもしれない、などと思うと同時に、ああ、児童文学を書いてきて良かったと、あらためて児童書を書く喜びと、児童書の孕んでいる無限の可能性を実感した次第です。

この文通を始めたばかりの頃にも書いたかもしれませんね。私はもともと、大人向けの文芸から、書く仕事をスタートさせました。自分が児童書を書くことになるなんて、当初は想像もしていませんでした。

大人向けの仕事が最も忙しくなっていた時期に、児童書を書き始めたので、夫からは「これ以上、自分を忙しくさせて、どうするの。やめておけば」とまで、言われていました。でも、夫の助言を退けて「私は書くの！　児童書を！」と、声高らかに宣言。今にして思えば、あのときの決断は、私の仕事人生を大きく切り拓いてくれました。

世界に向かって、私の窓が大きく開いた瞬間でした。それが『くろくまレストランのひみつ』だったのです。

大人向けの小説だけを書いていた頃、私の毎日は、暗かった。一部の出版社からは「売れなかった」「部数が伸びなかった」という理由で、作品を、ごみのように扱われていました。大げさな言い方だと思われるかもしれないけれど、本当です。そうではない出版社ももちろんありますけれど。大人向けの本を出すたびに、一部の編集者からは「これが売れなかったら、あとはない」「弊社の作品が売れなければ、他社からの依頼もないだろう」と、脅され続けてきました。

それは事実、その通りだったのかもしれません。

しかし、本が売れない＝作家と作品に価値がない、と、一刀両断にされてしまうのは理不尽だと思っていました。だって、作家の仕事は、本を書くことです。本を売るのは、出版社の仕事です。売れた場合は出版社の手柄になり、売れなかったら作家の責任になる。こういった不条理なからくりに、私は疲れ果て、傷ついて、ぼろぼろになっていました。

児童書の世界は、売れる・売れないだけで、成り立ってはいません。

児童書は、部数、作家の知名度などにはまったく関心のない、曇りのない目を持った子どもたちが読者です。

子どもたちが「おもしろい！」と思ってくれたら、そして「わあ、おもしろそう！」と、手を伸ばして読んでくれたら、たとえ売れ部数が少なくても、その作品は成功なのです。作品を大事にして、長く売っていこうとしてくれる出版社や編集者が多いのも、児童書業界の良いところです。


今年は、私が児童書を書き始めてちょうど十二年、という節目の年です。

そんな年に『川滝少年のスケッチブック』という本を上梓《じょうし》することができました。これは、現在九十一歳の父が過去に描いた漫画をもとにして、私が物語を書き、父の漫画をそのまま掲載した、いわば父娘の合作です。

アジア・太平洋戦争を丸ごと、最初から最後まで生き抜いてきた父の、人生の物語でもあります。なつかしい昭和の風俗や暮らしぶり、当然のことながら、悲惨な戦争体験と、反戦思想も色濃く漂っています。いろいろな読み方、楽しみ方のできる一冊になりました。大人でも、子どもでも、すらすら読めて、漫画も楽しめます。

父が生きているうちに、この本を完成させることができて良かったなーと、今、しみじみ感慨に浸っているところです。親不孝だった私、やっと、ぎりぎりセーフで親孝行ができたかなと思っています。

佐藤さんには、そんな作品がありますか。人生の記念碑的な作品。あるいは、人生を切り拓いてくれた作品。きっとありますね。そうして、佐藤さんにも、私みたいに、辛酸を舐《な》めさせられた作品って、あるのかなぁ。これは、ないかもしれないね。

良かったら、仕事部屋の裏話を聞かせて下さいね。

私は今、六十七歳。しぶとく百歳まで生き残ると仮定すれば、あと三十三年。死ぬ日まで書き続けるつもりだから、あと三十三年、何を書いていくのか。答えは子どもたちのための本です。

もちろん大人向けも書くけれど、これからは、子ども向けをさらに増やしていくつもりです。大人も読みたくてたまらなくなるような児童書を。

紙の本があと三十三年、この世に存在しているのかどうか、わかりませんね。それでも、紙の本の最後の世代の作家として、私はこれからも、この窓の向こうのすべての「あなた」へ、愛をこめて語り続けていきたいと思っています。

佐藤さん、私たち、海の向こうから、世界の果てから、物語を贈り続けるエミグラント作家として、いっしょに進んでいきましょうね。

佐藤さんはイタリアの羊の丘の物語の建築士として、私はアメリカの森の童話屋さんとして、共に、一生、職人であり続けましょう。

幸せとは何か。

このごろよく、幸福について、考えています。

私はこれまで、どんなに苦境に陥っているときでも、ひどい人にひどい目に遭わされたときでも、悲しみに暮れているときでも、自分を不幸だと思ったことは、一度もなかったなと思います。

ということは、きっと、常に幸せだったということでしょう。

幸せとは何か。

私の場合、その答えはシンプルです。

幸せとは、幸せを感じることのできる能力である。

つまり、幸せとは、苦労して探したり、見つけたり、達成したり、実現したり、はたまた、人から与えられたりするものではなくて、自分の心の中を常に満たしている透明な感情、とでも言えばいいのかな。

言い換えると、幸せとは、本人がそれを自覚できるかどうかにかかっている、ということなのかもしれません。

最後になりましたけれど、キャンティの丘と、ウッドストックの森を、しっかりとつないで下さった、東京の活字の海の郵便局長さん、こと、本作の編集者、荻原華林さんに、この場をお借りしてお礼を申し上げます。ありがとうございました！

佐藤さん、本当に、本当に、楽しかった！　名残惜しいです。

またいつか、この続きが書けたらいいね。

今年の九月、日本でお目にかかれる日を心待ちにしています。

小手鞠るい

小手鞠るい様

これが最後の手紙かと思うと、本当に残念です。小手鞠さんの本に出会い、小手鞠さんのお人柄に惹《ひ》かれ、ついにこうやってやり取りをし合う日々を経験できて、幸せでした。あ、これではまるで締めのご挨拶ですね（笑）。

「森のとしょかんシリーズ」全七冊の中国本土での翻訳出版、おめでとうございます。国境を超えてアメリカの小手鞠さんの言葉が中国へ。なんて素敵なのでしょう！

「日本の作品を海外に広めていこうとする動きは、それほど活発ではないような気がします」

はい。まったくその通りですね。教えてもらった話によると、英語圏での翻訳出版は一%ぐらいだとか。英語による著作だけでも膨大だからだそうです。日本の児童文学が英語圏で翻訳されることは、ほぼないですよね。

日本では英語圏以外からの翻訳物が増えてきましたが、まだまだ少ないですね。以前、非常におもしろいイタリアのSF（中学生向け）を日本の編集者さんに紹介したところ、こんな答えが返ってきました。

「英米のSFがたくさん入ってきているから、わざわざイタリアのSFというのは、どうも……」

全力をかけてアピールしてまわる時間がなかったので、諦めてしまいました。

この作品はイタリアでだけでなく、海外への版権もたくさん売れたという、当時注目するべき作品だったと思うのですが。

英語圏ばかりに向いた考え方は残念だなと思いました。現在は、経済的にも他の国がどんどん台頭してきていますし、十年後の世界は、今とはかなり変わっているでしょう。

「佐藤さんには、そんな作品がありますか。人生の記念碑的な作品。あるいは、人生を切り拓いてくれた作品」

二つあります。一作は、『リジェクション』です。病床で、死んだ後の魂のことなどを考えて書いたので、少し変わった作品になりました。あの作品の前後で一度死んで生き返った(!)ので、記念碑的な作品です。書いて二年後に出版された頃にはすっかり病気から回復していたので、懐かしいような、恥ずかしいような気分でした。

もう一作は、『一〇五度』です。全国の中学生向け課題図書になったり、厚生労働省社会保障審議会の特別推薦作品（編集部注：児童福祉文化財）になったりなど、さまざまな認定をいただきました。

これ、実はとても狭い世界（椅子作りの話）なので、きっと誰も読まないだろうと思いながら書いたのです。絶対に売れないと思ったけれど、あすなろ書房さんにざっと書きたい内容をお話ししたところ、「面白いからぜひ」とおっしゃってくださったのです。先方に見る目があったのですね。

この、非常にニッチな世界を描いた作品が認められ、私はハッと気付かされました。それまでは普遍性のあるものを書かねばという観念に囚われていたのですが、自分が書きたい特殊な世界を書いてもいいのだ、と。

私の人生そのものが、「とても異色」とよく言われます。崩壊した家庭で育ったことも、登校拒否をした不良少女だったことも、海外に飛び出たことも、デザインを学んだことも、すべてが児童文学の世界では異端児でしょう。

そんな異端児が、「普遍性のある」ものを目指してもうまくいくはずがありません。自分が書けるもの、書きたいものを書くということを自分自身に正当化できたのが、この作品でした。

「辛酸を舐《な》めさせられた作品」はたくさんあります（笑）。特に、読者数人から指摘されるほどそっくりで、パクられたという噂《うわさ》になった作品。ある読者などは、私の代わりに激怒してくれました。思い出すと腹が立ってマグマが噴火しそうになるので、忘れたフリをしています。


「幸せとは、幸せを感じることのできる能力である」

これは、とても大きなテーマですね。

子ども時代に辛い状況だったとき、こういう能力を持っていませんでした。かなり強い私でさえこうですから、ひどい悲しみや孤独に苦しむ子にこれを言えるかどうか、自信がありません。私の言う「辛い状況」とは、命に関わるとか、親に捨てられたとか、壮絶ないじめや虐待にあうとか、自分ではどうしようもない重い不幸のことです。

ただ、自分の経験から言えるのは、不幸を不幸と認知しすぎると、どんどん辛くなるということ。そういう意味では、小手鞠さんのおっしゃる通りかもしれません。

知人には、高校のラグビー部のエースだったのに、首を骨折し、左手を少し動かせる以外は不随になってしまった人がいます。彼は推薦が決まっていた大学進学を諦め、何年も絶望していました。でも、彼はやがて補助金を使って、東京にカフェを開いたのです。友人がマスターをやってくれ、彼はわずかに動かせる左手でレジを。私はボランティアでロゴ作りやチラシ、メニュー、名刺作りを手伝いました。どん底から這い上がった彼は、素敵でした。幸せだったかどうか、質問したことはありませんが、生きる希望に満ちていたと思います。

また知人には、高校時代に同い年の男子二人に暴行され、妊娠してしまった女の子がいました。まわりの「善良な人」はなんと言ったでしょうか。本人の素行が悪いからだ。男を誘うような格好をしていたからだ。でも、違います。とても普通の少女でした。ただ、人を信用しすぎたのかもしれません。彼女はひどく落ち込みましたが、やがて見事に立ち直りました。数年前に日本で再会しましたが、好きな人と結婚し、二人の子に恵まれ、平和に暮らしていました。

別の友人のお父さんは事業に失敗し、彼が高校時代に自死しました。彼はその悲しみを引きずって生きています。幸い、彼には打ち込めることがあったので、仕事に熱中し、今ではその世界で名の知られた人にまでなりました。

自分自身も辛い経験はしましたが、もっと苦しい状況の人をたくさん知っています。自分が不幸と感じる、感じないというレベルではなくて、実際に、どう考えても不幸な生い立ちの人や、死ぬしかないほど苦しい状況に追いやられている人はたくさんいます。現時点で激しいじめや虐待にあっている人に、幸せを感じる能力をつけろ、というのは酷な言葉という気がしてしまいます。

ところが、本当は、小手鞠さんのおっしゃる通りかもしれないのです。ほんの少しでも希望を見出して進まないと、そこで人生が終わってしまいますから。

私が過酷な状況の人に言えるのは「とりあえず逃げろ」です。学校などやめてもいい。虐待する家族など、捨ててもいい。

私が病床で絶望していた時、頭の中はネガティブなことばかりでした。「死ぬことは怖くない。どう生きるかだ」なんてカッコいいことを言っていたくせに、いざとなると、死にたくないと実感しました。死にたくないから今すぐ死にたい、という、今考えると矛盾する考えに囚われ、投げやりにもなっていました。繊細な娘を留学させることにしたのはせめてもの幸いでした。いつ死ぬかもしれないと思って鬱々《うつうつ》としている母と暮らしていたら、きっと彼女も鬱になっていたでしょう。

私がこの絶望の中で希望を持てた理由は、いくつかあります。

一つは、物語を書いたこと。書いていると、自然と絶望が和らぎます。私にとっては、精神安定剤でもあるのです。

もう一つは、再手術の時、大部屋の中で話したある女性の言葉です。彼女は私よりもずっと若く、まだ三十歳で、毎日恋人や多くの友人が見舞いに来るほどの人気者でした。

ある日、大部屋の中の一人のおばあさんが、看護師を捕まえて聞きました。

「ねえ、私死ぬの？　死ぬんでしょ？」

看護師は明るい声でこう答えました。

「シニョーラ、あなたの癌《がん》はほんの五ミリ。死ぬわけないでしょう！　手術も成功したし、回復しますよ！」

それを聞いてもまだ心配でメソメソしていたおばあさんを見て、私は「だいじょうぶですよ！　私なんて悪性肉腫が五センチになっていたけど、全然心配していません」と、嘘をつきました。本当は心の中でビクビクしていました。普通の癌よりも成長や転移が非常に速いタイプの肉腫だったので。逆にいうと、二年以上生きていたら安心だという、スピード狂の病気だったのです。

そのとき、例の三十歳の女性が、明るい声でおばあさんに言いました。

「私は二回目の転移だけど、心配していません。なぜだかわかります？　私、パフォーマンサーなんです。小児科病院メイヤーで、ボランティアのパフォーマンスを続けてきました。一生懸命病気と闘う子どもたちを見ていたら、私はなんてラッキーなんだろう、自分の病気なんてどうってことないって思いましたよ。私は三十歳まで精一杯生きてこられたもの。何があっても、悔いはないわ。あなたも、どうかポジティブに考えて！」

それを聞いたとき、私は思わず泣きました。彼女の素晴らしさに感動して。彼女が完治したことを祈ります。もしそうでなかったとしても、彼女のポジティブな考えは、私たちの胸の中で生き続けることでしょう。

そうだ、絶望している場合じゃないや。そう思いました。子どもたちだって頑張っているのだから！

こうやって考えてみると、小手鞠さんのおっしゃる「幸せを感じることのできる能力」というのは、一見残酷な言葉に見えて、実は絶望している時こそ必要なことではないでしょうか。

最後に、この力強い言葉を書かれた小手鞠さんに拍手を送るとともに、締めの言葉を書きたいと思います。

本当にありがとうございました。とても楽しくて、刺激的で、延々と続けたかったです。

編集者の荻原華林さんにも、この場をお借りしてお礼を申し上げます。

またいつか、ぜひ続きをよろしくお願いします！

最後の手紙という事実に打ちのめされつつも、九月にお会いできることを楽しみに「幸せを感じることのできる能力」をせっせと磨き中の佐藤まどかより

本書は二〇二二年十月から二〇二三年六月まで
交わされた往復書簡を編集したものです。
手紙の中に登場する情報はすべて当時のものです。

小手鞠るい
RUI KODEMARI

1956年、岡山県備前市生まれ。同志社大学卒業後、出版社勤務、学習塾講師、フリーライターなどを経て1992年に渡米。1996年から現在まで、ニューヨーク州ウッドストックの森の住人。主な児童文学作品に『ある晴れた夏の朝』(小学館児童出版文化賞受賞、偕成社)、『庭』(小学館)、『文豪中学生日記』(あすなろ書房)、『命のスケッチブック』『どろぼう猫とイガイガのあれ』(ともに静山社)があるほか、一般文芸作品として『今夜もそっとおやすみなさい』(出版芸術社)、『乱れる海よ』(平凡社)など、児童書、一般文芸ともに著書多数。

佐藤まどか
MADOKA SATO

東京都出身。1987年にイタリアへわたり、DOMUS ACADEMYプロダクトデザイン科を卒業後、ミラノにデザインスタジオを開設。医療器具や時計、家具、内装などのデザインを手がけるかたわら、デザイン専門誌にコラムを執筆。2006年、『水色の足ひれ』で第22回ニッサン童話と絵本のグランプリ童話部門大賞を受賞し、児童文学作家に。主な作品に『一〇五度』『アドリブ』(ともにあすなろ書房)、『スネークダンス』(小学館)、『インサイド』(静山社)など多数。現在はイタリア中部のトスカーナ州に在住。

この窓《まど》の向《む》こうのあなたへ

2024年4月9日　初版発行

著者　小手鞠るい　佐藤まどか

発行者　吉川廣通

発行所　株式会社出版芸術社
〒102-0073　東京都千代田区九段北1-15-15
電話：03-3263-0017　ファックス：03-3263-0018
http://www.spng.jp/

印刷・製本　中央精版印刷株式会社

編集　荻原華林

ISBN978-4-88293-558-2　Printed in Japan